W0202070

EL MICALET GALÀCTIC
bromera

EL MICALET GALÀCTIC

COL·LECCIÓ DIRIGIDA PER JOSEP A. FLUIXÀ

ÚLTIMS TÍTOLS PUBLICATS DE LA SÈRIE ROJA - A PARTIR DE 10 ANYS

72. *Com una cabra.* Maria Dolors Pellicer / Josep Ferrer
74. *La reina Ataülfa.* Josep Antoni Fluixà / Antoni Laveda
75. *L'autobús d'aniràs i no tornaràs.* Joan Pla / Kino Garrido
77. *El taller de l'humor.* Jordi Moreno i Paco Moreno / Kino Garrido
80. *De cine, Tereseta!* Josep Gregori / Ferran Boscà
81. *La fada masovera.* Vicent Marçà / Ramon Pla
82. *El País dels Llençols Mullats.* Vicent Pardo / Carlos Ortin
85. *Les vacances de Saïda.* Eva Peydró / Horacio Elena
86. *L'autobús Jordiet i la bruixa Elisenda.* Joan Pla / Kino Garrido
87. *Les malifetes de Maria Encarna.* Maria Torres Palau / Toni Cabo
90. *Els acudits de Llorenç.* Llorenç Giménez / Inés Luz González
92. *Thora i l'anell de la sort.* Pep Castellano / Albert Lucas
99. *Un pollastre amb quatre potes.* Larissa Timofeeva i Amaia Iturraspe Bellver / José María Albero
105. *Els millors contes.* Michael Ende / Marie Nigot
106. *Les aventures espacials de Ximet i Blai el papagai.* Paco Moreno i Jordi Moreno / Pep Brocal i Marc Brocal
110. *L'autobús Jordiet. Pirates i bandolers.* Joan Pla / Kino Garrido
112. *Les costures del món.* Teresa Broseta / Ferran Boscà
116. *De conte en conte.* Vicent Pardo / Paco Giménez
121. *Contes amb tinta blava.* Ferran Bataller / Roberta Bridda
122. *Fil que penja.* Maria Dolors Pellicer / Josep Ferrer
128. *Poemes sense diminutius.* Carles Cano / Paco Giménez
132. *El supertaller de l'humor.* Jordi Moreno - Paco Moreno / Lacasta Clueca

Hi ha unes *Propostes didàctiques*, referides a aquest llibre, que es poden descarregar de manera gratuïta des de la pàgina web www.bromera.com.

Cap part d'aquesta publicació no pot ser reproduïda, emmagatzemada o transmesa, de cap manera ni per cap mitjà, sense l'autorització prèvia i escrita de l'editor, tret de les citacions en revistes, diaris o llibres si se n'esmenta la procedència.

© *Pep Castellano Puchol, 2003*
© Il·lustracions: *Albert Lucas Espí*
© *Edicions Bromera, Polígon Industrial 1 - 46600 Alzira*
www.bromera.com

Disseny de la col·lecció: *Enric Solbes*
Impressió: *Romanyà - Valls*

1a edició: *octubre, 2003*
4a edició: *febrer, 2008*
ISBN: *978-84-7660-785-5*
DL: *B-10345-2008*

FOTOCOPIAR LLIBRES NO ÉS LEGAL

PAPER ECOLÒGIC TCF LLIURE DE CLOR

QUALIFOR FSC
LLIBRE AMIC DELS BOSCOS

EL MICALET GALÀCTIC

Thora i l'anell de la sort

Pep Castellano

Dibuixos d'Albert Lucas

edicions bromera

A ma mare, que amb els seus contes,
em va capbussar al món de la fantasia

De menut, jo sempre volia que m'explicara el conte de
l'avenc, ara les aventures de Thora.
Podríem dir que aquesta història és seua,
jo l'he posada al dia simplement

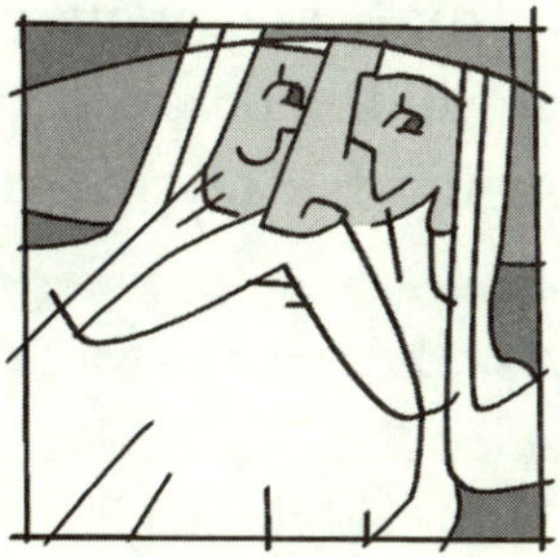

L'herència de l'alquimista

Si tens paciència, t'ho contaré tot! Des del principi!

No sé amb certesa quan va passar. L'únic que puc dir-te és que va ser una nit d'hivern. Fa molts anys.

El vell alquimista pujava les escales de la casa dels Massapela. Abans d'entrar al saló, on l'estaven esperant, es va acaronar la llarga barba, dubtava si allò que estava a punt de fer era correcte. Finalment, es va decidir i va tocar a la porta.

–Passe! Passe! –li van dir–. Avant!

Va obrir la porta del saló i va entrar. La sort ja havia estat tirada. L'alquimista acabava d'obrir el cercle dels anells.

–Ja estan acabats! –va dir mentre tancava la porta darrere seu.

Li havia costat, havia tardat molt a fer aquelles joies. Serafí fins i tot va pensar que no hi arribarien a temps, que no tindria ocasió de veure-les. Però ho havia aconseguit! Els anys d'espera pagaven la pena.

–Per fi! A veure! A veure! –va dir Serafí Massapela amb impaciència.

Va agafar els dos anells que l'orfebre alquimista havia estat fabricant. Eren pràcticament iguals. Tots dos estaven fets d'or i d'una mescla de metalls i productes que l'artista mantindria sempre en secret. Tots dos tenien un segell amb un símbol. Un trèvol de quatre fulles.

–He pensat que era el més apropiat! –va dir el vell de la barba blanca com justificant-se–. Aquesta herba mítica porta bona sort i... per això me'ls va encarregar, no?

–Sí, sí! Bona pensada! –va dir Serafí Massapela, mentre es posava aquell anell al dit anular de la mà esquerra–. Com funcionen?

–Home! Ben mirat, no podem parlar de funcionament –va dir l'orfebre–. Diguem-ne que els dos anells estan pensats per a estar junts. Ja ho anireu descobrint!

Serafí es va traure l'anell del dit i es va quedar mirant fixament el dibuix del trèvol que hi havia als dos anells. Efectivament eren pràcticament iguals, però, estaven fets en relleu, l'un en positiu i l'altre en negatiu.

–Són per a fer-los coincidir, no? –va dir mentre alçava la vista per mirar el vell que els havia fabricats.

Però no va rebre cap resposta. L'alquimista que havia contractat ja havia desaparegut. Serafí Massapela estava completament sol en aquell saló.

Va tornar a mirar els anells. Estava segur que estaven pensats per a encaixar l'un amb l'altre.

Ho va provar. Ell tenia raó. Encaixaven perfectament. Ara entenia allò d'estar junts que li havia dit el vell alquimista abans de marxar tan misteriosament.

Va deixar els dos anells damunt de la taula del saló, es va alçar de la cadira i va anar caminant fins a la xemeneia per atiar el foc. Van pujar unes flames fortes que van il·luminar la sala que ja s'estava quedant en penombra.

–A l'hivern es fa de nit de seguida –va pensar–. Quina llàstima!

Era l'aniversari del seu fill. Feia deu anys. Així i tot, Serafí estava trist! Era la primera vegada que ho celebraria sense la seua muller, el primer aniversari des que s'havia quedat viudo. La foscor de la sala li feia entrar ganes de plorar, així és que va voler encendre el llum del saló. Va fer clic a l'interruptor, però no ho va aconseguir.

–Es deuen haver fos els ploms!

Des d'on era, va mirar els anells una altra vegada. La llum del foc reflectia en l'or acabat de brunyir, aquella lluentor feia les joies més desitjables encara. A la vora de la xemeneia penjava una corda. La va estirar. La campaneta de la cambra del majordom va sonar i aquest no va tardar a acudir al saló.

–El senyor em demanava? –va dir mentre obria la porta i feia una discreta reverència a la vegada.

–Sí! Revisa els fusibles! No hi ha llum!

–Ja ho he mirat! Està tot bé! N'hauran tallat el subministrament!

–Ah!

El majordom va fer l'acció de retirar-se.

–Espera! Fes venir el meu fill! –li va dir Serafí Massapela.

El criat es va retirar. Al cap de poc va tornar amb una espelma encesa, acompanyant un xiquet alt i ros. El majordom va anar encenent tots els canelobres del saló. A poc a poc es va anar il·luminant la sala.

–Vosté dirà, pare!

–Passa, fill, passa!

El majordom es va retirar. Serafí va fer seure el seu fill a la vora del foc.

–Xavier! Avui és un dia molt important per a la nostra família!

–Ja! El meu aniversari! Però, em pensava que no anàvem a celebrar-ho. Per allò de la mare... jo ja sé que està molt trist!

–Ja no, fill! Això s'ha acabat! Des d'avui, ens hem encomanat a la sort!

–Ah?!

Va agafar els anells.

–Des d'avui, als Massapela, ens acompanyarà la fortuna!

–Eh?!

–Mentre tinguem els anells, és clar!

En va agafar un i li'l va posar al dit anular de la mà esquerra.

–Aquest és per a tu! Tin-ne cura! No el perdes!

El jove Xavier no entenia res. Son pare va agafar l'altre i se'l va posar també. Mentre ho feia, anava parlant al seu fill.

–M'ha dit, l'alquimista que els ha fabricats, que han d'estar junts! No hem de consentir que se separen. Si jo faltara, fill... Ja sóc vell i... darrerament no em trobe massa bé... Quan jo mora...

–Xe, pare! No diga eixes coses! –el va tallar el xicot–. Vosté encara és jove!

–Xut! Calla! No sóc jove! Et deia que quan jo mora, el meu anell, l'has de guardar molt bé! El regalaràs al primer fill que tingues! Ho entens?

–Però... Pare! Ja li'l regalarà vosté!

–Ha de ser per a ell! Em sents? I el teu anell, haurà de ser per al teu primer nét! Ho has entés?

–Sí, però...

–Xut! Calla! Els anells de la sort passaran de generació en generació. D'avis a néts. Aquesta és la meua herència.

El jove Massapela va voler encaixar els anells, com ho havia fet son pare feia una estona. Ara, però, amb els anells als dits dels amos, la cosa va canviar. Tal com els anaven acostant l'un a l'altre, anaven notant una força que els atreia, com un imant, però molt poderós. L'atracció era tan forta que no podien separar-los. Quan van fer força per intentar-ho, els dos anells es van il·luminar. A fora de la casa es va posar a tronar i a llampegar i, en un tres i no res, plovia a bots i barrals. Xavier Massapela va notar un formigueig a les cames que li anava pujant per tot el cos fins al cap. Li va posar els pèls de punta. Va notar com a son pare li passava el mateix. Aleshores una força molt potent els va repel·lir i els va tirar tots dos de cul.

Al vell Serafí i al jove Xavier, els feien mal tots els ossos, estaven molt cansats, se sentien com si els hagueren apallissat. Tardarien a repetir aquella experiència d'ajuntar els anells, havia sigut molt dura.

–Ho sent! –va dir el jove Xavier preocupat per son pare–. No hauria d'haver acostat tant el meu anell...

–Tranquil! –li va contestar son pare–. A mi m'ha agradat molt!, però molt, molt!

El vell Serafí tenia una sensació realment plaent. Estranya, però agradable i dolça. No s'havia trobat mai tan a prop del seu fill. Per primera vegada, l'havia sentit amb ell, havia notat que estaven junts!

A Serafí li va venir una son profunda que no podia controlar. Es va traure l'anell i li'l va lliurar al fill.

–Recorda! –li va dir–. És per al meu nét! Per al dia que complisca deu anys!

Després es va quedar adormit plàcidament escoltant la pluja.

–Pare! Pare!

Ja no es va despertar.

Al poble de Vilapau ningú no va entendre com podia tronar i llampegar aquella nit d'aquella manera si, de vesprada, el cel estava completament ras. Era ben estrany com, en un moment, s'havien aplegat al poble tots els núvols del món.

–Quina sort! –va dir algú–. Tanta falta com feia la pluja!

Va estar plovent tota la nit.

Jordi Massapela, molts anys després

Molts anys després també va estar plovent tota la nit. Els carrers es van inundar i, aquell dia, ningú no va anar a l'escola.

Jordi, hereu de la famosa família dels Massapela, tampoc. Però Jordi no hi anava mai, a l'escola! Pel que es veu, de xicotet havia estat molt malalt. Quan va anar a la guarderia va agafar un constipat. Després, la cosa es va complicar en una pneumònia o una cosa d'aquestes. El cas és que va maliquejar molt de temps. Els seus pares van sofrir molt per ell. Sobretot son pare, Xavier Massapela, que era un patidor. Va pensar que havia emmalaltit per culpa de la guarderia i... van decidir no portar-lo mai més a la guarderia. Ni a l'escola! Ni a res!

Tal vegada has pensat «Hala! Quina sort!», doncs no! El fet de no anar a l'escola no és tenir massa sort que diguem. Tota la resta de xiquets i xiquetes del poble sí que hi anaven i Jordi, de ben menut, es va acostumar a assistir a classe tot sol.

Bo, sol del tot no! Els seus pares (tot i que estaven d'allò més ocupats), de tant en tant li ajudaven a repassar alguna lliçó. I també estaven Tomàs i Maria, els jardiners; i Sebastià, el xofer; i Purificació, la majordoma; i Teresa, la donzella; i Francesc, el majordom; i, per descomptat, Beatriu, la institutriu. També hi havia els quatre o cinc guàrdies de seguretat que vigilaven l'entrada del jardí i el mur que l'envoltava, però aquests no l'ajudaven massa a fer els deures.

A banda, Jordi tenia quatre gossos, un parell de gats, un mico, un lloro i tres iguanes. Ah, quasi me n'oblide, i dos cavalls!

I, darrerament, estava un poc enfadat amb els seus pares perquè no li volien comprar una serp pitó de quatre metres.

–No s'hi val! Mai no em deixeu fer el que jo vull! –es queixava consentit.

Però els seus pares no hi estaven d'acord. La veritat és que a Jordi sempre li havien comprat tot el que ell havia demanat: consoles de joc, mascotes, jocs d'ordinador, cavalls...

Eren molt rics. Ja ho deus haver notat, no?

La veritat és que no sabien què fer amb els diners, de tants com en tenien. Aquella família havia fet molta fortuna jugant a la loteria, invertint en borsa i tot això! Tots deien que els Massapela eren molt afortunats, que tenien molta sort! Treballaven en un banc o, potser, el banc era seu... No ho tinc molt clar! La cosa és que eren famosos en tot el país pels seus diners, per la sort que tenien.

Però anem al gra! T'estava explicant coses de Jordi. Era prou entremaliat. Aquella vida de multimilionari que portava li permetia fer totes les trapelleries que volia.

I en va fer moltes. Va arribar a amagar una iguana al calaix de la taula de Beatriu la institutriu (aquella, una mica més i es mor de l'ensurt); va posar pintura de colors al depòsit de l'aigua dels jardins i, quan van regar, Tomàs i Maria, els jardiners, sense voler van pintar la gespa i els arbres dels colors de l'arc de Sant Martí; va tancar el mico al vestidor de sa mare i va deixar que l'animal s'emprovara tots els vestits de la senyora Helena; va ensenyar el lloro a imitar la veu de son pare per cridar el majordom i el feia anar amunt i avall per les escales del xalet; va pintar el cavall de son pare de rosa; va fabricar esprai fètid, amb ous podrits i d'altres invents, i l'anava repartint per tot arreu imitant el soroll dels pets mentre passava algun criat, o son pare, o sa mare. Es miraven sorpresos i, després, es tiraven les culpes els uns als altres.

–Xavier! Per favor! –deia sa mare mentre es tapava el nas–. Quina pudor! Espere que no t'haja sentit cap criat, quina vergonya!

–Això, això, quina vergonya, estimada, però tranquil·la que no diré que has estat tu! Però, quina pudor! Què has berenat, estimada?

–Jooo? Seràs porc!

Mentre, Jordi, amagat en algun racó, continuava tirant-se aquells pets de mentida i baquejant-se de riure.

Feia moltes diableries, però no penses, eh? Sempre de bon rotllo! Jordi era bona persona, un poc entremaliat, sí!, però molt bona gent. El que passa és que s'avorria. Tenia tot el que volia, però s'avorria molt. Si no feia alguna trapelleria, de tant en tant, es posava molt neguitós i de mal humor.

Fins que els seus pares li van comprar un ordinador portàtil amb connexió a Internet. Des de llavors, el desfici de Jordi va anar desapareixent. Ara el veien com es passava hores senceres amb aquell aparell.

–Vols dir que no deu ser perillós, Helena? –son pare estava un poc preocupat–. Tantes hores davant de l'ordinador...?

–Xe, Xavier! –deia sa mare a son pare, tranquil·litzant-lo–. Deixa'l! Al xiquet no li passarà res! Almenys ara té il·lusió per alguna cosa!

La veritat és que Jordi tornava a estar il·lusionat! Això sí, va deixar-ho tot de banda. No volia saber res de les seues mascotes. Sort que Tomàs i Maria, els jardiners, els donaven de menjar tots els dies, sinó s'hagueren mort de fam. Pobres animals! Jordi, ara, no volia saber res dels cavalls, ni dels gossos, ni del lloro, ni del mico, ni de les iguanes, ni de la serp pitó, ni dels jocs de la consola... Fins i tot va deixar de fer trapelleries!

A Beatriu, la institutriu, li feia impartir les classes molt ràpidament. Jordi feia molta bondat, ho entenia tot a la primera, només tenia ganes d'acabar prompte per tancar els llibres, per poder agafar el berenar, per posar en marxa el portàtil nou i per connectar-se a Internet.

Però tot tenia una explicació!

–En quin poble vius? –escrivia ell a l'ordinador.

–A Vilapau! –li contestava ella–. I tu?

–Jo també, tu! –tornava ell–. A què t'agrada jugar?

–A moltes coses, però m'encanta el futbol! Jugue de davantera! –escrivia ella.

–A mi també m'agrada el futbol! Jugue de... –escrivia ell, però no va acabar la frase, va canviar de tema–. Com havies dit que et deien?

–Marta! Em diuen Marta!

Vols més explicació? Jordi havia fet una amiga per Internet.

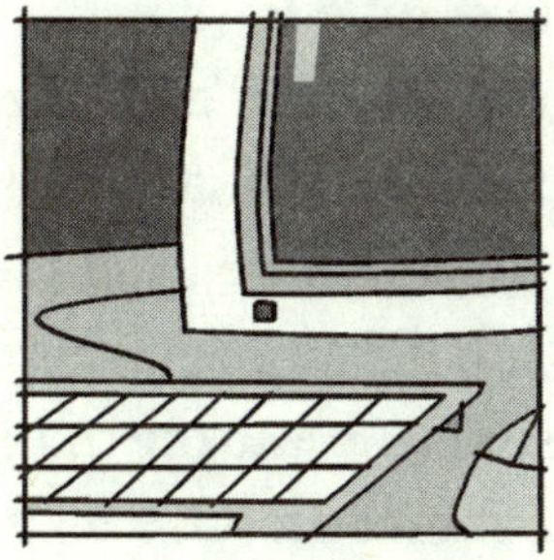

Marta Albalat, enganxada al xat

Marta era sòcia de la biblioteca del barri des que tenia quatre anys. S'havia fet molt amiga de Roser, la bibliotecària. De xicoteta havia anat a les activitats d'animació a la lectura, a escoltar els contacontes, i a totes les altres coses que Roser programava. Li encantaven els llibres, sobretot l'oloreta que feien. Es passava llargues estones agafant llibres de les prestatgeries per ensumar-los. De vegades els triava per emportar-se'ls a casa, només per l'olor que feien. També li agradava llegir-los, eh? Li encantaven els de contes i també els d'aventures, però el que més li agradava de tot eren els còmics, fonamentalment els de superherois, com *Superman, Spiderman*... Això sí, trobava a faltar més protagonistes femenines, estava *Supergirl* i d'altres, però a ella li'n semblaven poques. De vegades s'imaginava ella mateixa de superheroïna amb un vestit especial i uns superpoders d'aquells.

–Tatatxan! Per a lluitar contra el mal... de Vilapau de Dalt, arriba... Tatxannn! SuperMarta!!!

De gran, ja no la sovintejava tant, la biblioteca. Els còmics, ara, li'ls deixava llegir Josep, l'encarregat del quiosc del supermercat on treballava sa mare. Ja no anava als contacontes ni a les activitats d'animació a la lectura, Roser no la hi deixava participar, deia que ella ja estava prou animada a llegir, que ara havien de venir-ne uns altres.

Total, que cada vegada hi anava menys a la *biblio*. Això sí, sempre que li arribaven llibres nous, Roser li telefonava per avisar-la. Li agradava deixar-li'ls a ella la primera per tal que li'n donara l'opinió. Aleshores, quan rebia la telefonada de la bibliotecària, hi anava corrents per olorar totes les novetats (és que els llibres nous tenen un perfum especial, ho has provat?), després, agafava en préstec el llibre que feia més bona olor, per poder-lo llegir a casa, tranquil·lament. Ja no li agradava llegir-los a la biblioteca i estar-s'hi hores i hores com abans.

Però, des que havien instal·lat aquella sala amb ordinadors connectats a Internet, tot allò havia tornat a canviar. Ara Marta tornava a passar-se hores a la biblioteca, com quan era menuda.

Des de feia uns dies, la majoria de les vesprades, quan eixia d'escola, feia el temps just a casa. Així que arribava, agafava el berenar i eixia corrents. Sa mare li feia les típiques preguntes. Ja saps, el mateix de sempre:

–Hola filla! Com estàs? Com t'ha anat l'escola?

I ella contestava també les típiques respostes.

–Hola mare! Molt bé, gràcies! On és el berenar? De què l'has fet? Mmm! De sobrassada, m'encanta! Bo, adéu! Me'n vaig a la *biblio*!

–Marta Albalat! Estàs enganxada al xat! –li cridava sa mare mentre ella fugia corrents de casa.

I els dies que sa mare tenia torn de vesprada al supermercat, ni es veien! Marta anava a casa, agafava el berenar i, au!, a la biblioteca! Ni passava pel *super* a veure-la.

Encara amb el berenar a les mans, entrava corrents a la sala, així que l'obrien. Volia ser la primera, agafava un ordinador i fins que Roser no l'obligava a deixar-lo, no parava.

Jugava als jocs dels protagonistes dels còmics que a ella li agradaven, aprofitava Internet per a fer els deures... Però, darrerament, el que més feia era xatejar, saps? Es passava les vesprades penjada al xat.

–Vinga Marta! Ja està bé! Ara li toca a un altre! –la bibliotecària li havia de parar els peus.

–Jaaa? –es queixava ella–. Però si a penes hi he estat una micoteta de res!

–Una hora i mitja, Marta, portes una hora i mitja!

–Queeeè? Com? Una hora i mitjaaa? Jaa?

Potser sa mare tenia raó i estava un poc enganxada a Internet. Potser!

Però tot tenia una explicació!

–I tu? Com et dius? –escrivia ella a l'ordinador.

–Jordi! –li contestava ell.

–Quants anys tens? –li tornava a escriure ella.

–Estic a punt de fer els deu! –tornava a escriure ell.

Vols més explicació? És clar que estava enganxada al xat! Marta havia fet un amic nou! Un amic que estava a punt de fer deu anys.

El regal d'aniversari

Jordi complia deu anys. Era un acte ben solemne, per al qual el van fer vestir amb corbata. Els Massapela eren molt mirats per a les celebracions. Estaven a taula, els tres: mare, pare i fill. Francesc, el majordom, havia servit feia una estona el pastís. Ja havien fet tot el cerimonial de cantar la cançó d'aniversari, d'apagar les espelmes d'un bufit, de demanar un desig... totes eixes coses.

–Què vols de regal, estimat? –va dir la senyora Massapela.

–La serp pitó! –va contestar Jordi tot cert.

–Cooom? –la seua mare es va espantar, es pensava que ja ho havia oblidat, allò de la serp–. Em pensava, fill, que això ja ho havíem deixat clar en l'anterior reunió familiar!

–Nooo! Que és broma! –la va tranquil·litzar ell de seguida.

Sa mare va bufar alleugerida i, després, li va riure la gràcia. Son pare no! Xavier Massapela no estava en la conversa. S'havia quedat suspés recordant un altre aniversari. El seu. Se n'havia anat molts anys arrere. Al dia que ell va complir deu anys. Les llàgrimes li van redolar per les galtes.

–Què passa, pare? –va preguntar Jordi en veure'l plorar.

–Res, fill, res!

Xavier Massapela es va eixugar les llàgrimes i, després, va adoptar un posat cerimoniós i dramàtic. Feia l'efecte d'estar molt espantat, fins i tot li va canviar la cara.

–Jordi! –va dir–. He de complir una promesa que li vaig fer al teu avi... Encara que em coste la vida, com a ell!

Mentre parlava, Xavier Massapela anava traient una capseta de la butxaca de l'americana. La va lliurar al fill mentre li repetia les mateixes paraules que li havien dit a ell quan tenia la seua edat.

–Jordi! Avui és un dia molt important per a la nostra família!

–Ah?!

–Jordi! –repetia cada vegada el nom del seu fill–. Tenim un regal molt especial per a tu, de part de l'avi Serafí.

–Eh?

Jordi no comprenia res! Va obrir la capseta. Contenia un anell com el de son pare, tenia un segell amb l'escut familiar. Recordes? Un trèvol de quatre fulles. Son pare li'l va posar al dit anular de la mà esquerra.

–Jordi! –li va acabar de dir mentre s'apartava del seu costat amb por–. No et separes mai d'aquest anell! I sobretot, no permetes que s'ajunte al que jo porte! Em sents? No ho permetes mai!

Xavier Massapela no volia repetir l'experiència que havia viscut amb son pare. Sempre s'havia sentit culpable d'haver unit els anells. Des que era menut, pensava que son pare havia mort per la seua culpa. Per la seua imprudència. Per allò dels anells. No volia que tornara a passar! Va parlar al seu fill d'aquella joia, de l'energia màgica que tenia i de la sort que estava portant a la família. Li parlava dels poders i dels perills, ho feia amb tota la magnificència que podia però, a Jordi, no se'l veia massa interessat en aquells anells familiars.

Ell estava per unes altres coses ara...

–Gràcies! –va dir sense massa interés–. És molt bonic. No patiu que en tindré cura.

Després va canviar la conversa.

–Pare, mare! –va dir mentre anava fent rodar l'anell que tenia posat al dit anular–. Jo també volia dir-vos que... Que he fet una amiga!

–Què? –va dir la mare de Jordi.

–Això, això, què? –va repetir son pare tot enfadat–. Però tu t'has tornat boig? Saps que ho tens completament prohibit!

–Però... estimat, com t'han permés eixir fora del jardí! –va tornar sa mare.

–Això, això! Com t'ho han permés? Eh? –son pare estava fora de si–. Acomiadaré l'empresa de seguretat!

Xavier Massapela tenia tanta por que li passara alguna cosa, que no deixava eixir el seu fill del xalet, i tampoc no deixaven entrar a ningú, per la qual cosa, Jordi, a més de no anar a l'escola, tampoc no tenia amics. Cap! Ni un! És fort, eh? La veritat és que Jordi no era un xic amb sort! Vivia com el seu lloro, presoner! En una gàbia de luxe, això sí! Però presoner al cap i a la fi.

–No! No! –va aclarir ell–. Ens hem fet amics per Internet! En un xat!

–Ah! Uff! –van bufar els dos pares a la vegada alleugerits.

–I... Com que avui és el meu aniversari... –continuava Jordi, mirant de convéncer–. I com que sou tan comprensius... i tan bons pares... doncs, volia demanar-vos... permís per tal de quedar!

–És clar que sí, fill! –va dir la mare–. És clar que tens permís, pots estar connectat a Internet tantes hores com vulgues.

–Això, això! –va dir el pare–. Tantes hores com vulgues, pels diners no t'has de preocupar!

–No! No! –els va corregir Jordi–. Si jo no vull quedar per Internet! Això ja ho fem moltes vesprades! Jo vull quedar de veritat! Conéixer-la personalment!

–Això no! –van dir els dos pares una altra vegada, alhora.

–Ja saps, estimat, que això que demanes, dissortadament, és impossible! –va dir la mare.

–Això, això! Ja saps que és impossible! –va dir el pare.

–Però, per què?

–Doncs perquè no! –li van contestar els dos.

–Ja hi som! Perquè no no és una resposta!

–Mira estimat! –va dir sa mare–. Ja saps que de xicotet, vas estar molt malalt! El metge de la família ens va dir que havia sigut per anar a l'escola amb els altres xiquets! No ens podem arriscar que et tornes a posar malalt. No podem donar l'ordre que et deixen eixir! Comprén-ho!

–Però,...

–Que no! I s'ha acabat! –va rematar son pare.

No hi va haver manera, ho va intentar tot, va assajar tot el repertori que tenia per a casos com aquell, va mirar d'adular-los, de fer-los la pilota... però no els va poder convéncer. No tindria més remei que desobeir-los. Ja havia quedat i no estava disposat a renunciar-hi.

A la vesprada, es va traure l'anell, el va guardar a la capseta i va organitzar «l'escapada». Ja s'ho faria per a poder saltar la tanca del jardí i per a enganyar els guàrdies de seguretat. Tenia massa ganes!

Va ser molt emocionant. I més fàcil del que ell esperava. Aquell jardí era tan gran que els guàrdies no podien vigilar tota la tanca. Els seus pares havien fet instal·lar càmeres de seguretat, però, a Jordi, tant li feia. Tenia controlat un lloc, amb una olivera molt gran, per on saltaria la tanca sense el control dels guàrdies.

El que ell no sabia és que algú estava vigilant tots els seus moviments.

Havien quedat a les cinc i mitja a la porta de la biblioteca. Reconeixeria la seua amiga perquè portaria un exemplar de *L'illa del tresor* sota del braç. Havien acordat aquell llibre perquè a tots dos els agradava molt. Ell, per una altra banda, portaria una mascareta a la cara, una d'aquelles que porten els metges quan fan operacions. Com el cantant aquell que sempre porta la cara tapada... Com li diuen?... Això! Michael Jackson!

Original? Que va! El que passa és que a Jordi li havien insistit tant que es podia posar malalt,

que tenia por de *contaminar-se*. Volia protegir-se de les infeccions, per si de cas! A més, no volia ser reconegut. Ell era un personatge famós! La seua foto apareixia, cada dos per tres, a les revistes del cor i als programes dels xafardejos televisius. Volia passar desapercebut!

Havia aconseguit un plànol del poble. L'anava mirant i anava preguntant com un turista despistat. Però amb aquelles pintes, ja t'ho deus haver imaginat, el prenien per un boig, li fugien i no va trobar ningú que l'ajudara. Així i tot, va poder arribar a la biblioteca. Hi havia una xica (de la seua edat més o menys) amb el llibre, tal com havien acordat. Es va quedar mirant-lo. Havia de ser ella.

–Marta?

–I tu Jordi, no? Amb la mascareta no hi ha dubte!

–Eh? Ah? Sí, és clar!

–Au! Ja pots traure't això de la cara!

–No, és que... –va buscar un excusa–. Em fa vergonya!

–Vergonya? –Marta va pensar que era un xic ben estrany–. Estàs tronat? Au, va!

–Que no!

Van entrar a la biblioteca. Li va haver de presentar Roser, la bibliotecària, amb mascareta inclosa. Aquella, naturalment, va fer un acudit per la pinta de Jordi.

–I el teu amic, *el misteriós emmascarat,* no voldrà fer-se soci del club de lectors?

–Va sí! –li va dir Marta tota il·lusionada–. Feste'n!

–Ah, d'acord! –va dir ell sense massa entusiasme.

–Però necessite una foto de carnet! –li va dir la bibliotecària.

–Ui! Foto! Llàstima! No en tinc cap!, ho sent!

Marta es va quedar un poc decebuda. Per un moment havia pensat que podria veure la cara del seu amic ni que fóra en foto, però tampoc!

Li va ensenyar la sala dels ordinadors des d'on l'havia conegut, després li va presentar els seus amics. Van riure bona cosa a costa d'*el misteriós emmascarat,* però ell no va consentir de cap manera traure's la mascareta en tota la vesprada. Així i tot ho va passar estupendament, va jugar a coses a què mai no havia jugat. A marro, a pot-pot, a pamet, a tula, a arrancar cebes i, naturalment, a futbol!

Ell ja havia jugat un munt de vegades a futbol, saps? I no ho feia malament, la veritat! Això sí, sempre havia jugat amb l'ordinador, o ell sol, amb el baló. Jugar en equip era completament diferent, li va encantar jugar-hi amb companyia. Va ser una vesprada fantàstica! Quan es van acomiadar, Jordi estava suat com un poll, de tant com havia corregut i s'havia divertit.

–Vols que demà vaja a buscar-te a casa a l'eixida d'escola? –va preguntar-li Marta–. Podríem anar a...

–No! –la va tallar Jordi–. Millor que no! És que demà no sé si em deixaran eixir! Deixa'm el teu telèfon i jo t'avisaré.

La veritat era que no tenia ganes d'explicar-li a Marta on vivia. Li feia por la reacció dels seus pares si descobrien que havia quedat amb una amiga de *l'exterior* i, a més, volia mantenir el secret de la seua identitat.

Però van quedar altres dies, sempre d'amagat, això sí! L'amistat era molt forta i, finalment, Jordi va acabar traient-se la mascareta.

–Marta! –li va dir mentre se la treia–. Ha arribat l'hora! L'hora que sàpies la veritat!

–Quina veritat? –va dir Marta.

–Mira'm! –va dir a cara descoberta–. No saps qui sóc?

–És clar! Ets Jordi! El meu amic! Encantada de conéixer-te! –li va donar la mà i reia mentre ho feia–. Encantada, encantada! Molt de gust! Ha! Ha! Ha!

–Però... De veritat que no saps qui sóc?

–Mm...

–És igual, deixa-ho!

Marta no l'havia reconegut. No sé a tu, però a ella no li agradava la tele, saps? No la mirava mai! Sí, ja sé que és estrany, però mira, Marta és així! El cas és que com que no mirava la tele, ni llegia revistes d'aquelles del cor, ni en sabia res de famosos, ni de totes eixes coses... doncs, no el va reconéixer. Ah!, i tampoc no es va posar malalt ni res d'això, la por dels seus pares era injustificada.

Aquella vesprada van anar a casa de Jordi. Marta tenia ganes de saber on vivia.

–És ací! –li va dir.

–Vius al xalet dels Massapela?

–Sí! Els meus pares... –va dubtar abans de seguir parlant–. Hi treballen! Són... són els jardiners!

Li va dir la primera cosa que se li va acudir. S'ho va inventar! Com que Marta no l'havia reconegut, Jordi va preferir mantenir-ne el secret, que no els descobrira ningú, ni els criats, ni els guardians, ni els seus pares. Li ho va plantejar a Marta com un joc.

–És millor que no ens vegen. Als Massapela no els agrada que porte amics a jugar al seu xalet.

–Ah, si és així, anem-nos-en! –va dir Marta, tot i que es moria de ganes de veure aquella casa per dins–. No vull ficar-me en cap embolic!

–No et preocupes! Vine per ací! No ens descobriran mai de la vida! –li va contestar Jordi.

–Però, i les càmeres? –va dir Marta, mentre assenyalava un d'aquells aparells penjats de la tanca–. Els guàrdies ens veuran pel circuit intern de televisió!

–Càmeres a mi! Ha! Ha!

La veritat és que aquella casa estava més vigilada que el banc dels pares de Jordi. Però, a ell, se'l veia d'allò més tranquil.

El que no sabien cap dels dos encara és que, algú, des de fora de la casa, vigilava tots els moviments de Jordi.

Marta es va quedar parada quan va veure aquell xalet. La casa era enorme. Tenia una portalada molt gran de pedra treballada. Semblava l'entrada d'un castell. Damunt de la porta hi havia un escut amb un trèvol de quatre fulles.

–És l'escut dels Massapela! –va aclarir Jordi en veure que Marta s'havia quedat mirant-lo–. Mon pare... ui!, el senyor Massapela diu que els porta sort!

–Ah!

Li va ensenyar totes les coses amb què podien jugar i passar l'estona i Marta al·lucinava: els cavalls, els altres animals, les consoles de joc, els jocs d'ordinador...

–Quina passada!

Ell va continuar la mentida que tot allò no era seu, que ell només era fill dels jardiners, que aquelles coses pertanyien al fill dels amos, que estava estudiant a l'estranger, que ell podia gastar-ho, però que era millor que no els descobrira ningú per si de cas...

Van tornar més dies, ho van passar molt bé, tot va anar fantàstic.

Com a mínim fins aquell divendres a la nit...

Un segrest al xalet

Sí! Va passar un divendres a la nit.

Encara era primavera, però feia prou calor. Marta no podia dormir. Se li va acudir agafar la bicicleta i anar a fer una volta. Els seus pares també estaven desperts i la van descobrir.

–On vas, tu i la bicicleta?

–No puc dormir! –es va justificar–. Ací fa molta calor!

–I què penses fer?

–Vaig a... –va buscar una bona excusa sobre la marxa–. Vaig a dormir a casa de l'àvia Conxa! Allí fa més fresqueta!

–D'acord! Però espera que li telefonarem per dir-li que hi vas!

–No! No cal que li telefoneu! Voldria donar-li una sorpresa!

I la van deixar! Ho feia moltes vegades això de quedar-se a dormir a casa de l'àvia Conxa. Com que els pares de Marta treballaven a torns, la deixaven moltes nits amb ella.

La seua àvia vivia a l'altra banda de Vilapau. Marta va passar pel davant, encara hi havia llum, segur que estava desperta, però no hi va entrar.

Tu ja deus haver endevinat que Marta no anava a casa de la seua àvia. Anava al xalet dels Massapela. Amb aquella calor, segur que Jordi tampoc no dormia. Va pensar que podrien aprofitar per a jugar una miqueta amb la consola de joc del «fill dels amos».

Ara que ja sabia el truc, molts dies, quan es pensava que ningú no la veia, s'enfilava per la tanca del jardí del xalet dels Massapela i s'hi colava dins per aquell racó que li havia ensenyat el seu amic. Marta entrava, sempre que volia, sense ser vista per les càmeres, ni pels guàrdies.

Però, aquella nit, quan estava damunt de la tanca del jardí, a punt de xiular per avisar el Jordi que havia vingut, una cosa la va deixar parada. Dos homes treien una persona lligada de mans i peus del xalet dels Massapela. Mentre, una dona amb una navalla a la mà anava donant instruccions amb veu baixa.

–Va! Ràpid! Ràpid!

–Ja hi anem, carall! És que pesa!

–Xut! Silenci! O ens descobriran! –xiuxiuejava la dona als altres–. Sabeu què vull dir?

Des d'on estava, Marta no podia veure bé el segrestat. Estava mirant d'identificar-lo quan, de sobte, va ser conscient que els segrestadors anaven de cara a ella. En un tres i no res, els tindria damunt. Havia d'actuar ràpidament o la descobririen. Es va amagar entre el fullam de l'olivera que l'havia ajudada a enfilar-se a la tanca. La foscor de la nit i l'arbre la taparien.

Però els galifardeus es van enfilar a la tanca, just per allí, per aquell arbre. Tants llocs com hi havia, com és que havien triat just aquell? Casualitat?

Marta continuava amagada. Aquells van passar pel seu davant. Ara li va veure perfectament la cara a la persona que portaven lligada. Li havien tapat la boca amb un esparadrap, però el va reconéixer. Es va quedar blanca com un pany. Si l'arriben a punxar, en aquell moment, no li hagueren tret sang de les venes.

Era Jordi!

Ell la va veure entre les rames, i va voler cridar.

–Mmmm!

Però els segrestadors no li van fer ni cas. Tampoc no es van adonar de la presència de Marta. Havien pujat Jordi a dalt de la tanca i ara l'havien de passar a la part de fora. Primer va baixar un i s'hi va quedar sostenint una corda per a facilitar-los, als altres, el descens del segrestat.

–Per aquest raconet de l'olivera hem pogut entrar i eixir del xalet i... els guàrdies ni se n'han adonat! –va dir aquell des de baix–. Quina sort, eh?

–Sort? –li va contestar la dona mentre lligava Jordi a la corda per poder-lo baixar–. Al treball ben fet li dius sort?

–Dona, jo...

–Fa més de quatre setmanes que l'estic vigilant nit i dia –va dir mentre assenyalava Jordi–. De seguida vaig saber que aquest lloc era segur. Ell i la seua amiga entraven i eixien sempre que volien i mai no els descobrien! L'haguera pogut segrestar abans, però sempre apareixia eixa xiqueta pel mig.

Marta va pensar d'avisar els guàrdies, però no ho va fer! Ni la policia, tampoc, ni a ningú! Havia tingut ganes de cridar, de despertar tot el poble, però va decidir callar. No volia ficar en perill la vida de Jordi. No sé què hagueres fet tu, però ella va decidir que actuaria pel seu compte i seguiria en silenci els segrestadors. No volia que li fugiren mentre anava a donar l'avís del segrest. S'estimava massa el seu amic per perdre el rastre a aquells galifardeus.

–Vinga, bajoques! –va dir la dona, mentre els lliurava un sac–. Fiqueu-lo dins! I doneu-vos pressa que encara ens sentiran! Sabeu què vull dir?

Van posar Jordi al sac i el van carregar en una furgoneta. Marta ho donava tot per perdut. Es pensava que marxarien a tota velocitat i els perdria la pista.

Per sort, al que conduïa, no li agradava massa córrer. El camí no era bo i aquell xofer anava a pas de caragol, així que Marta, amb la BTT (Bicicleta Tot Terreny), els va poder seguir de prop.

Van pegar moltes voltes. Primer per camins polsosos entre boscos, després per uns altres, menys transitats, estrets i costeruts, entre muntanyes i barrancs plens de coscoll i murta.

En un punt, la furgoneta es va aturar i va apagar els llums. Es va fer completament fosc. Marta es va espantar. De sobte no veia res, no parava de sentir sorolls estranys al seu voltant, li semblava que estava rodejada de bèsties que estaven esperant aquella foscor per a atacar-la. Sentia moure's el ramatge del seu voltant. Volia pensar que era el vent per controlar el pànic que començava a sentir. Havia de fer un esforç per concentrar-se en no perdre de vista els segrestadors o... li fugirien!

Per sort, un ventet suau va fer córrer els núvols i una lluna discreta li va donar la claror suficient per a veure sense ser vista. Al poc, va veure les llums de les llanternes dels segrestadors com anaven il·luminant amunt i avall i no paraven quietes.

Estaven traient el sac, és a dir, Jordi, de dins de la furgoneta.

Aquella dona, la cap de la banda, va pegar un xiulit i, llavors...

–Iaaa! Iaaa!

Es van sentir un parell de crits esborronadors que la van deixar corgelada. Un monstre, una àguila, un pardal tan gran que tapava la meitat del cel, va aparéixer planejant i cridant.

–Iaaa! Iaaa!

A Marta se li van posar els pèls de punta. Realment, aquella bèstia podia ser molt perillosa, però estava molt ben domada. Obeïa perfectament les ordres d'aquella dona que comandava la banda dels segrestadors.

–Aica! Up! Up! Uoo! Uoo! –va cridar la dona a l'animal per fer-lo baixar a terra.

L'àguila va obeir. Mentre volava pareixia enorme, però quan va aterrar a la vora dels galifardeus, va ser conscient realment de la seua grandària. Era molt més que això, era descomunal! Li va recordar el *Tiranosaurus rex* de la pel·lícula *Parc Juràssic.* Aquesta, però, en lloc d'escates tenia plomes i, en lloc d'una boca plena de dents, tenia bec, però quin bec! I no diguem res de les urpes! Eren llargues i esmolades, semblaven punyals. Haurien pogut travessar una persona sense cap dificultat, com si fóra de mantega.

Els dos segrestadors van pujar a les seues potes i es van agafar fort.

–Aica! Aup! Iiia! Iiia! –seguia ordenant aquella dona.

I el pardalot va baixar el coll, i li va permetre que s'hi agafara. Després li va dir:

–Aica! Pap! Pap!

I l'àguila va agafar el sac on era Jordi amb el bec i, finalment...

–Aica! Aup! Amm! Amm!

I l'animal va arrencar el vol. Va fer dues voltes planant per sobre d'on era Marta, com estudiant el terreny i, després, va baixar en picat cap a terra. Marta es pensava que es moria de l'esglai. Allò era el final! S'estavellaria contra les roques i ella no podia fer res per salvar el seu amic! Tenia por, tanta por, que l'únic que va saber fer va ser tancar els ulls mentre esperava el xoc mortal. Va tornar a sentir, una altra vegada, els crits d'aquell animal.

–Iaaa! Iaaa!

–Noooo!

Va obrir els ulls i va reaccionar. Es va posar a córrer cap al lloc on anava a estavellar-se el monstre. Però ja era massa tard. No va arribar a temps.

Just en aquell moment, l'àguila i tota la seua càrrega travessaven el terra. No van xocar. Va ser com si l'animal s'haguera tirat a una piscina de cap, va desaparéixer entre les roques.

Veritat que et sembla impossible? A Marta li va passar el mateix.

Allò no podia ser! Va anar corrents cap al lloc on li havia semblat veure capbussar-se l'animal i, aleshores, ho va entendre tot.

Hi havia un avenc. Una cova amb una boca enorme, un pou molt gran que servia de cau als segrestadors. Havien utilitzat aquella àguila com a ascensor vivent. Havien entrat sense cap dificultat a aquell amagatall, però, i ella? Com hi entraria?

Va agafar una pedreta i la va tirar al fons de l'avenc, aquesta rebotava i rebotava contra les parets mentre queia. Va tardar molt a sentir-se el *catacloc* del final. Aquell pou era molt fondo. Hauria d'inventar-se alguna cosa per tal de traure Jordi d'allí dins. Li caldria una corda, i una llanterna, i... Però hauria de venir l'endemà. Amb la foscor de la nit no es podia fer res.

Va voler tornar a Vilapau pel mateix camí que havia vingut. Però, havia pegat tantes voltes... havia passat per boscos i barrancs, per camins tortuosos... havia estat tan pendent de no perdre de vista la furgoneta dels segrestadors que no s'havia fixat bé. Ara n'havia perdut les referències.

S'havia perdut!

Hauria d'esperar l'alba per tal d'orientar-se. Es va arrecerar a la soca d'un arbre i, tot i el patiment que tenia pel seu amic, de cansada com estava, no va poder evitar de quedar-se profundament adormida.

Al poc Jordi la despertava. Tots dos pujaven a l'àguila gegant i fugien volant d'aquell indret. Volaven! Estaven volant! Marta conduïa l'animal, era d'allò més dòcil. Tot anava bé, el viatge era molt agradable, però, de sobte, l'animal va deixar de ferli cas. No l'obeïa! Es llançava en picat contra les roques. Marta notava com queia sense remei. S'estavellaria contra el terra! Mirava de controlar l'àguila, de dir-li les paraules adequades per tal que li fera cas, però no les recordava! No sabia conduir-la. Seguien caient, Marta no podia evitar-ho! Se sentia culpable! Aquell animal no parava de cridar.

–Iaaa! Iaaa!

Es va despertar de colp. Havia sigut un malson. Estava tota suada. Ja havia eixit el sol.

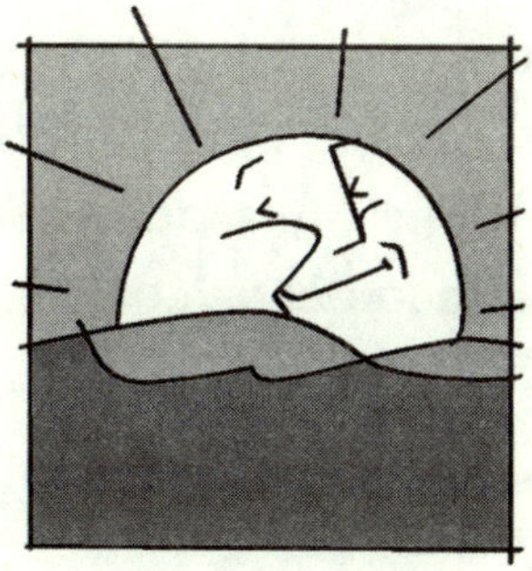

Investigueu a fons!

Ja havia eixit el sol. Els pares de Jordi havien anat a despertar-lo i havien trobat la seua habitació buida. El llit estava fred. El seu fill no hi havia dormit. Van mirar pels llocs on solia anar i, en no trobar-lo enlloc, molt preocupats, van fer venir els guàrdies de seguretat. La mare de Jordi els va interrogar.

–Podríeu fer el favor d'informar-nos d'on és el nostre fill?

–Hum...

–Ja ho sabia jo, que no en teníeu ni idea! Quina colla d'ineptes! Per a què us paguem?, eh?, per a què us paguem?

–Això, això! –va repetir son pare de Jordi–. Per a què us paguem?, eh?, per a què us paguem?

Els guàrdies no van saber què contestar. Ningú no havia vist res sospitós.

–I què feu ací? Sembleu estaquirots! Au, va! Busqueu-lo! Vinga! Vinga!

–Això, això! Au, va! Vinga! Investigueu a fons!

Van buscar empremtes, petjades, proves... Van escorcollar cada racó del xalet i del jardí i van fer un repàs al que havien enregistrat les càmeres de seguretat.

Tot va ser inútil!

Al xalet no hi era, al jardí no hi havia rastre i, als vídeos, tampoc no van veure res d'estrany. Era com si se l'haguera engolit la terra.

Havia desaparegut!

Van fer repassar totes les càmeres del jardí, una per una, totes funcionaven a la perfecció!

Però, hi va haver una que els va cridar l'atenció. Estava capgirada. Així i tot, pel monitor, o siga per la tele aquella dels guàrdies, es veia el jardí. Allò no era normal. Van agafar una escala per veure-la de prop i col·locar-la bé i, aleshores, ho van entendre tot.

Algú havia enganxat una foto a la paret, just davant de l'objectiu de la càmera. Ja podia entrar i eixir gent per la zona que cobria aquella càmera, ja podia passar el que volguera, que sempre es veuria la mateixa imatge: un jardí tranquil i desert, amb la tanca i l'olivera al fons. Qui havia fet allò havia aconseguit un bon racó per a burlar la vigilància.

El cap de seguretat va ser l'encarregat d'anar a veure els pares de Jordi per donar-los la notícia.

–Senyors Massapela! Escorcoll finalitzat!
Als vídeos no hi ha res enregistrat!
Però és un pla molt ben preparat,
Doncs la càmera han manipulat!

–Estàs fava o què? Deixa de parlar amb redolins i aclareix! Què passa?

–Doncs passa que ho ha fet gent molt experta!

–El què? Què vols dir?

–Creiem que Jordi... –el cap de seguretat va parar un moment abans de seguir parlant, el que anava a dir era dur i no sabia com explicar-ho–. És molt probable que... quasi amb tota seguretat... l'han segrestat!

–Segrestat???! –van cridar els pares de Jordi a la vegada.

–Això pensem! Hauríem d'avisar la policia! –va tornar el cap de seguretat–. No ho podem resoldre sols! Ho ha d'haver fet alguna banda ben organitzada. Burlar la seguretat del vostre xalet, com ells ho han fet, no és gens fàcil! És cosa de professionals.

I tant que havia estat cosa de professionals! Tot un professional. Ja t'ho deus haver imaginat, no? Efectivament, havia sigut Jordi! Ho havia fet per poder entrar i eixir del xalet quan volguera. Els segrestadors només s'havien aprofitat del seu enginy per a tenir-ho més fàcil.

Va sonar el telèfon. La mare de Jordi, Helena Massapela, va anar com un llamp a agafar-lo. Va despenjar, es va traure l'arracada i es va posar l'auricular a l'orella i sense saber qui hi havia a l'altra banda de l'aparell va exigir:

–Vull parlar amb ell! Vull saber que es troba perfectament!

–Com? –va dir una veu de dona–. Senyora Massapela?

–Sí! Qui és vosté? Exigisc saber, immediatament, on és el meu fill! –va dir tota alterada.

–Tranquil·litzes! El seu fill està bé! Però... millor que no avisen la policia! Ens agradaria portar aquest assumpte sense publicitat, sap què vull dir?

–Sí! Sí! És clar! El que vostés diguen! –va dir el pare, que havia agafat el telèfon supletori.

–Si avisen la policia el seu fill no ho contarà! Saben què vull dir?

–Sí! Sí! És clar! Però no li facen res! Per favor! –va suplicar el pare de Jordi.

–Volem saber com està! –va tornar a exigir la mare.

–Això, això! Volem saber com està! –va repetir son pare.

–Estiguen atents al telèfon. Els tornarem a telefonar per donar-los instruccions. Ara hem de penjar! Sap què vull dir?

–Però... Espere! Vull parlar amb el meu fill! Espere!

–Pit, pit, pit...

A l'altra banda, aquella segrestadora que sempre repetia «sap què vull dir?», ja havia penjat.

–Ja ho heu sentit! –va dir el pare de Jordi als guàrdies–. Ni una paraula! Ningú no s'ha d'assabentar del segrest del nostre fill.

–No us voldria donar un infart, però crec que és massa tard! –va contestar el cap de seguretat.

–Què?

–Doncs, que un dels guàrdies ho ha delatat i tota la premsa ja ho sap!

–Com? El deus haver acomiadat!

–Ho faré! Per descomptat!

–Prou! –va tallar la mare de Jordi amb desesperació al guàrdia i al seu marit–. Sou una parella d'albercocs! Deixeu de parlar amb redolins! Voleu explicar-me què passa?

El cap dels guàrdies els va fer mirar pels monitors. Tota la tanca del jardí estava voltada de reporters amb càmeres, esperant que passara alguna cosa per poder-la retransmetre en directe. El segrest de Jordi Massapela no podia passar desapercebut. Ja t'ho pots imaginar, era una exclusiva mundial!

–Posa la tele, estimat! –va dir la senyora Helena al seu marit–. A veure què diuen!

El senyor Xavier va posar la tele i, quan va aparéixer la imatge, es va veure a ell mateix posant la tele.

–Però? Què és això? –va dir sorprés.

I es va veure a ell, tot sorprés, dient: «Però?, què és això?». La tele estava retransmetent en directe tot el que passava al saló de sa casa. Va mirar per la finestra i va veure un reporter de televisió, enfilat a dalt de l'olivera de la tanca del jardí, enfocant-lo.

–Feu córrer les cortines! –va ordenar la senyora Helena.

–Això, això! Feu córrer les cortines! –va repetir el senyor Xavier.

I, per la tele, es van veure els pares de Jordi com manaven als criats que corregueren les cortines. I les cortines del saló del xalet dels Massapela van córrer. I, després, van baixar les persianes i, definitivament, van tancar el teló de la representació que s'estava veient, a tot arreu, en rigorós directe.

La gent de Vilapau estava seguint la funció per la tele, però quan van baixar les persianes del saló dels Massapela, es van quedar sense espectacle. Així que van decidir aplegar-se als voltants del xalet. En un moment es va fer allí una gentada. Uns venien per si veien alguna cosa, els altres perquè no volien que els ho contara ningú, els altres per si, de pas, podien eixir per la tele i fer-se famosos.

Tot Vilapau s'hi havia concentrat. El poble s'havia quedat desert!

L'hereu dels Massapela?

El poble s'havia quedat desert! Marta es va quedar ben parada. No hi havia trànsit, ni vianants, ni gossos, ni gats. Ningú! Era ben estrany!

Va anar a sa casa i també la va trobar buida! No entenia res! Era dissabte i son pare i sa mare havien de ser-hi.

Va guardar la bicicleta i va anar a veure si els trobava. Va pensar que devien haver anat a buscar-la. Devien estar a casa de la seua àvia. Com els va dir que hi aniria a dormir...

Però no! A casa de la seua àvia tampoc no hi havia ningú.

Des d'allí, va sentir un enrenou que venia dels afores del poble. Ja t'ho deus imaginar, que procedia de la multitud que s'havia concentrat al xalet dels Massapela. Va anar-hi corrents. S'havien assabentat del segrest del seu amic?

–Què ha passat res? –va preguntar a unes veïnes, fent-se la despistada.

–Ui, Marta! Ta mare t'estava buscant!

No li van contestar al que ella preguntava.

–Sí! Bé! Jo... –va mirar de justificar-se.

Però aquelles dones ja no l'escoltaven. De fet, li havien parlat sense girar-se, sense mirar-la i... sense deixar de mirar a la tanca del jardí, com tothom.

–Què fa ací tanta gent? –Marta va continuar preguntant, mentre les estirava dels vestits per fer-se escoltar–. Què passa?

–Com que què passa? No te n'has assabentat? –va dir una.

–De què?

–Ho sap tot el poble! –va dir l'altra–. Que no veus la tele?

–No! Què sap tot el poble?

–Pobra gent! –va tornar la primera–. Mai no haguera pensat que ho diria, però pobres Massapela!

–Ho estan retransmetent per totes les cadenes de televisió –continuava l'altra–. Ha desaparegut l'hereu dels Massapela! Pensen que l'han pogut segrestar!

–A l'hereu també? –va dir Marta.

–Com que també? Que han segrestat algú més o què?

–A Jordi! El fill dels jardiners del xalet! –va dir ella molt segura.

–Els jardiners no tenen cap fill! –li van contestar–. Ens estàs prenent el pèl? No és el moment de fer bromes, saps?

–No és cap broma! Jo... –però va adonar-se que aquelles dones ja no l'escoltaven–. És igual, deixeu-ho!

–Ei! Mireu, mireu! –va dir una veïna a les altres–. Saludeu aquella càmera, ens està enfocant!

–Eeh! Eeh! Holaa! –van dir totes a la càmera, mentre estiraven el coll i saludaven amb la mà.

Un periodista estava retransmetent la notícia en directe. Estava parlant a una càmera, just allí, a la vora d'on ella era.

–...i ha estat just aquest matí quan els pares s'han adonat que el seu fill havia desaparegut. Jordi Massapela, el jove hereu dels famosos multimilionaris...

–Jordi? L'hereu dels Massapela? Una coincidència! –va pensar Marta.

El periodista continuava parlant a aquella càmera.

–...i ací tenen vostés la foto del jove hereu. Si algú l'ha vist o pensa que...

Marta es va obrir pas entre la gent a colzades. Volia mirar pel monitor per veure la foto. Si la punxen no li troben sang! No hi havia dubte! Portava els cabells molt més curts, però... Era Jordi! Jordi era l'hereu dels Massapela! Es va quedar de pedra. El seu amic, simplement, era multimilionari, però, a part d'això... Marta volia pensar que res no havia canviat! O, potser, sí?

Però no era el moment de pensar aquelles coses. Jordi continuava estant en perill! Havia d'actuar! Parlaria amb els Massapela! Ella sabia on era Jordi, podia identificar els segrestadors i col·laborar en el seu rescat. Va mirar d'acostar-se a la porta del xalet, però va ser completament impossible, entre la premsa i la gent del poble que havien vingut no hi havia manera.

–Ei! Xiqueta, sense empentar! –va dir-li un senyor gros amb bigoti.

–No val a colar-se, bonica!

Això li ho va dir una dona, però aquell *bonica,* tal com l'havia dit, anava amb segones. Estava clar que, per la porta, no podria passar.

Va fer mitja volta i féu el que segurament hagueres fet tu. Intentar-ho per la part de darrere. Entraria per on estava acostumada a fer-ho. Aniria al xalet i parlaria amb els pares de Jordi que ben segur devien estar preocupats.

Es va enfilar per l'olivera, va saltar a l'interior del jardí però... en un moment, va tenir tres guàrdies al damunt. La van detenir i la van fer entrar al xalet emmanillada.

–Hola! –va dir Marta, mentre entrava al saló empentada pels guàrdies.

–Qui és aquesta? –va preguntar la senyora Helena.

–Això, això! Qui és aquesta? –va repetir el pare de Jordi.

–Entrant al xalet l'hem trobada pel racó de la càmera trucada! –va dir el cap de seguretat.

–Ja està bé, collins! Deixa de parlar amb redolins! –va bramar la mare de Jordi a la cara del guàrdia.

–Perdó! –va dir l'altre, controlant-se per no fer cap redolí més–. S'ha colat al xalet, sabia per on entrar, no m'estranyaria que també siga còmplice del segrest.

–Què dius ara? –es va defensar Marta–. Jo no sóc còmplice de ningú! Jo he vingut per ajudar!

–Ajudar? –va preguntar la mare de Jordi–. Qui ho ha dit, que necessitem ajuda?

–Però... Jo puc trobar Jordi!

–A canvi de quant? –li va dir, fent aquell gest tan característic dels diners amb els dits.

–A canvi de res! Carall! –va contestar Marta tota ofesa.

–A canvi de res, diu! I si no voleu res, per què l'heu segrestat?

–Torna-li, Martí! Que jo no he segrestat Jordi! Que sóc amiga seua, jo!

A Marta li costava Déu i ajuda convéncer els Massapela que ella no tenia res a veure amb el segrest del seu fill. Volien avisar la policia, volien ferla empresonar i tot. En aquell moment, va sonar el telèfon. Tots van córrer a agafar-lo. La mare de Jordi va ser la més ràpida.

–Sí?

–No! –va dir una veu de dona tota enfadada–. No han seguit les nostres instruccions! Els costarà més recuperar el seu fill! Sap què vull dir?

–Em pense que va vostè errada, *estimada*! –va dir la senyora Massapela–. No ens costarà res! Tenim la seua còmplice! L'hem enxampada! Si la volen tornar a veure, fem un intercanvi! La xica pel nostre fill!

–M'ha pres per estúpida? Està torrada? Té ganes de fer broma? Quina xica? –semblava que aquella dona s'estava posant nerviosa–. Nosaltres no en tenim cap, de còmplice!

–Així, doncs...

La senyora Massapela va engolir saliva. Volia seguir xarrant però la segrestadora la va tallar.

–Calle i escolte! –s'estava alterant per moments, parlava cridant i li tremolava la veu–. A veure si s'adona d'una vegada que parlem seriosament! Els vam dir que volíem mantenir la cosa discretament i, ara, la foto del seu fill és a totes les cadenes de televisió! Sap què vull dir?

–Escolte! Ho podem explicar... –la senyora Massapela, ara, volia justificar-se.

–No m'explique res! El preu s'ha apujat! Ara serà més car! Sap què vull dir?

–Però no és culpa nostra! No hem sigut nosaltres! De veritat! Nosaltres no hem avisat ningú! Han sigut els de la premsa, tenien un infiltrat entre els guàrdies de seguretat i...

–Prou! Silenci! –la va tallar aquella dona–. Preparen tres milions d'euros, en bitllets gastats. Ja els direm on els han de depositar i com podran recuperar el seu fill.

–Escolte? –el senyor Massapela, des de l'altre aparell, volia solucionar el cas ràpidament–. Pels diners no s'han de preocupar, però, no podríem donar-los a la seua còmplice i acabem abans?

–M'estan posant de molt mala veta, amb la brometa de la còmplice! Saben què vull dir! Facen el que els hem dit i esperen les nostres instruccions!

–D'acord! D'acord! –la mare de Jordi va mirar d'asserenar la segrestadora–. Tranquil·litze's, ho farem!

–Això, això! Ho farem! –va dir el pare de Jordi–. I, ja ho he dit, eh?, pels diners no s'han de preocupar!

–Això esperem. No preocupar-nos. Ah! I res de periodistes! Que desapareguen tots dels voltants del jardí del seu xalet o no hi ha tracte! Sap què vull dir?

–Farem el que podrem! –va dir la mare de Jordi.

–Això! Això! Farem el que podrem! –va repetir el pare des de l'altre aparell–. Però no li facen res a Jordi, per favor!

–Pit, pit, pit.

–Per què has deixat que penjara, bajoca? –va dir la mare de Jordi a son pare.

–Ai, m'ha penjat! Què volies que fera?

–Entretenir-la més! Havíem de localitzar la telefonada!

–Ah!

–I, a més, volia preguntar-li per l'anell de la sort. –li ho deia mentre li assenyalava l'anell que portava el senyor Massapela al dit–. No voldria que es perdera! Encara que ens tocara pagar quatre vegades més!

–Tens raó! –Xavier Massapela es va acariciar el seu anell–. Aquella joia és massa important i, segons com... perillosa!

Aquella telefonada de la segrestadora havia deixat Marta fora de sospita. Estava més clar que l'aigua que ella no tenia res a veure amb el segrest.

Després de penjar el telèfon, s'havien quedat tots muts. Ningú no obria la boca. Els senyors Massapela s'havien portat la mà dreta a la barbeta, la senyora Massapela arrufava les celles. Tots dos feien cara de reflexió profunda, m'entens? I Marta també, saps? Ella també s'havia quedat pensant. Feia voltes a les darreres paraules que havia sentit. Tant de rebombori per un anell? Com podia ser tan important un anell? I... perillós? Per un moment li va fer l'efecte que, aquella parella, estaven més preocupats per un simple anell que per la vida del seu fill, no podia ser! Devia ser pels nervis!

De sobte, la mare de Jordi va trencar el silenci.

–Ja ho tinc!

–Què passa? –va dir el pare.

–Estimat, crec que he tingut una idea meravellosa!

I li va fer uns escoltets a cau d'orella que ningú més no va poder sentir. Després ell va somriure i va dir.

–Meravellosa i majestuosa idea, esposa meua, majestuosa!

El senyor Xavier Massapela va anar cap a la finestra i va fer córrer les cortines. En veure que la finestra del saló dels multimilionaris tornava a estar oberta, la premsa es va mobilitzar. Els càmeres, els ajudants de càmera, els tècnics de so, els periodistes... tots anaven corrents d'una part a l'altra, tots i totes buscaven un lloc per enfocar els seus objectius i no perdre's l'esdeveniment.

La senyora Massapela va connectar l'aparell de televisió i li va donar volum. El seu marit li va

obrir la finestra i ella es va posar a parlar. La seua veu se sentia perfectament, tant en directe com per la televisió. Això volia dir que les seues declaracions eren retransmeses per totes les cadenes de televisió. Tot el món l'estava sentint, fins i tot els segrestadors.

–El meu marit i jo volem fer un comunicat de premsa! S'han corregut rumors que el nostre fill ha estat segrestat. És completament fals! No està segrestat! Ha anat de viatge, simplement! Estem molt agraïts per les mostres de solidaritat de la gent i de la premsa, pel cas que ens han fet... però està tot solucionat. Només torne el nostre fill, ho comunicarem!

Després de les declaracions de la seua dona, el senyor Massapela va tancar la finestra i va fer córrer les cortines una altra vegada. Però la premsa no va fer ni cas, ni la gent del poble tampoc.

–No funciona, esposa meua! –va dir Xavier Massapela–. No funciona!

–Ja ho veig, que no funciona! –va contestar ella.

–És clar que no funciona –va dir Marta–. Volen proves! Necessiten imatges del viatge. Volen material!

–Ah!?

–Teniu fotos de Jordi?

–Sí, però...

–Porteu-les! Va! Va! No perdem temps! La vida de Jordi està en joc! I un escàner, i un ordinador, i un...

Marta va començar a demanar coses. Els pares de Jordi no s'acabaven de refiar, però tampoc no perdien res de seguir-li el fil, així que van col·laborar. En un tres i no res, Marta, va tenir a taula tot el que havia demanat. Va agafar les fotos, les va escanejar i va fer muntatges amb l'ordinador. Va preparar un reportatge complet per a la premsa. Va quedar molt bé, no es notava que eren fotos trucades. Es veia Jordi davant de la torre Eiffel o dalt de l'estàtua de la Llibertat o al Tibet saludant el Dalai Lama. Van enviar per correu electrònic aquell reportatge a totes les agències de premsa i la cosa va funcionar. A poc a poc els periodistes van anar desmuntant les càmeres i retirant els seus equips dels voltants del xalet. La gent de Vilapau va començar a tornar, tranquil·lament, a les seues cases.

–Ha funcionat! Saps què vull dir? –va dir-li el senyor Massapela a la seua esposa.

–Ja parles com la segrestadora. Mira que ets bajoca! Ja t'ho ha apegat, estimat!

–Ja! Però ha funcionat, no? La gent ha marxat!

–Sí! Només espere que els segrestadors ho vegen igual! Saps què vull dir? –va dir la senyora Massapela.

Marta va voler intervenir.

–Els segrestadors? Això és fàcil, ara que la gent se n'ha anat, podríem preparar la...

–Francesc! Franceeesc!

La senyora Massapela va cridar el majordom. Va tallar Marta, no la va deixar acabar de parlar. El majordom es va presentar a la sala.

–Sí?, senyora? –va dir.

–Paga-li! –va dir mentre assenyalava Marta despectivament, com si la ignorara–. Paga a aquesta xiqueta els seus serveis! Ens ha ajudat a fer fora la premsa!

–Sí senyora!

–Gràcies però jo no vull res, jo el que volia...

–Ah! Francesc! –la senyora Massapela va tornar a tallar Marta–. I dóna-li les gràcies de part nostra!

–Sí senyora!

–Però...

–Ah! Francesc! –va tornar a tallar la mare de Jordi–. Ja ens ha ajudat massa! Fes-la fora!

–Com?

Marta se'n feia creus! Com podia ser tan orgullosa, tan prepotent, tan creguda, tan...

–Però, vosté de què va? –va dir enfurismada–. Jo he vingut ací per ajudar-los...

–Francesc! –continuava la senyora Massapela amb aquell posat despectiu–. Ja ho has sentit!

–Sí senyora!

El majordom va acompanyar Marta a la porta, però aquesta es resistia a abandonar la sala.

–Senyora Massapela, de veritat! –va dir més tranquil·la, la volia convéncer–. Jo puc identificar els segrestadors i, a banda, sé com rescatar Jordi i...

–Prou! Ja està bé de mentides! –va dir la mare de Jordi, que ara parlava directament amb Marta i estava molt enfadada–. Com vols que ens refiem de tu? Eh? Dius que pots rescatar Jordi? Doncs rescata'l! Au! Però no ens demanes ajuda! Qui ens diu que no ets còmplice d'aquella gent? Eh?

–Jo...

–No veus que amb les teues mentides ens fas mal? No ho veus?

–Però... no són mentides! Jo...

–Francesc! Fes el favor de pagar-li el que se li deu i fes-la fora d'una vegada!

–Això, això, fes-la fora! –va repetir el senyor Massapela–. Sense contemplacions!

Realment els pares de Jordi estaven molt preocupats per ell, més que per aquell anell, això estava clar. Marta els veia molt nerviosos. Però, a ella, no se l'escoltarien, això també estava clar! Ningú no se la volia escoltar!

L'equipatge de Thora

Ningú no se la volia escoltar! Marta ho va intentar també amb els seus pares. A casa, mentre dinaven els ho va voler explicar tot, però no hi havia manera. Ho va intentar, eh? De veritat! Va voler colar-se entre les converses *urgents* que tenien, però era molt difícil. Ja saps que, de vegades, comunicar-se amb els *grans* resulta costós... De vegades, Marta tenia la sensació de ser invisible...

–Pots anar tu a comprar aquesta vesprada? –deia sa mare a son pare.

–Noo! –deia son pare a sa mare–. Jo volia anar a l'hort! Vés-hi tu!

–Escolteu! –Marta intentava ficar cullerada a la conversa–. Jo...

–Jo no puc! –deia la mare–. Treballe!

–Voleu escoltar-me? –tornava a intentar-ho Marta.

–Doncs per això mateix! –deia son pare–. No treballes al supermercat? Doncs compra tu!

–Ehh! Estic ací! Holaaa! –deia Marta, gesticulant exageradament–. Puc parlar?

I va arribar un punt que es va cansar tant d'intentar-ho, que va preferir no parlar més en tot el dinar. No sé si a tu t'ho han fet alguna vegada! Ella sí! Com que no hi havia manera de fer-se escoltar, va decidir callar.

–Doncs jo no pense comprar, així que tu veuràs...! –continuava sa mare.

Finalment, va ser son pare qui li va dir alguna cosa.

–Què, Marta! Estàs molt callada!

–Qui, jo? No!

–I... digues, què explica l'àvia Conxa? –va amollar-li son pare per fer-la entrar en la conversa–. Com està?

–Òndia! –Marta es va posar la mà al cap–. L'àvia Conxa!

Se li havia passat completament! Ara, era conscient que els havia contat una mentida als seus pares. Els havia dit que dormiria amb l'àvia i no hi havia anat.

–No l'heu vista vosaltres aquest matí? –va fer un tempteig abans de continuar parlant.

–No! Per què?

–Ufff!

–Per què bufes?

–No, per res! L'àvia Conxa està bé! Beeé, no?

Li va semblar més fàcil dissimular, continuar deixant-los pensar que havia dormit amb l'àvia, que no posar-se a explicar tota la veritat. Ara no en tenia ganes de donar explicacions. A més... segurament, tampoc no l'haurien creguda.

Van posar la tele. Parlaven del suposat segrest de l'hereu dels Massapela. Estaven ensenyant el reportatge fotogràfic que ella havia falsificat.

–Tant de rebombori al principi, i resulta que al xiquet no l'havien segrestat! –va comentar sa mare.

–Sí! –va continuar son pare–. No acaba d'estar clara la cosa! En aquella casa hi ha gat en sac! Tu què en penses, Marta?

–Eh?

–Que què en penses?

–De què?

–Xiqueta, estàs a la figuereta!

Marta estava despistada, era cert. Abans no se l'havien volguda escoltar i, ara, era ella la que no en volia parlar. No parava de pegar-li voltes a alguna solució per rescatar el seu amic. Havia decidit actuar sola!

–Bo! –va dir sa mare–. Jo he d'anar-me'n a la feina! Ja replegareu vosaltres la taula!

Sa mare tenia torn al supermercat. Tot i ser dissabte, aquella vesprada li tocava treballar.

–Espera'm mare! –va dir Marta–. Jo també hi vaig! Pare, ja replegues tu, d'acord?

–Però...

Son pare es va quedar rascant-se el cap. De sobte, s'havia quedat sol, amb la paraula a la boca i l'escampada a taula. No va poder acabar la frase. Ja se n'havien anat les dues al supermercat.

Sa mare es va posar l'uniforme i va anar a la caixa que li tocava. Marta no parava de pegar-li voltes. Havia de fer alguna cosa i l'havia de fer ràpidament o Jordi...

El senyor Josep, el del quiosc, la va cridar.

–Ei, Marta! M'han portat còmics nous!

–Gràcies! Però no tinc temps per a veure'ls. He de pensar!

–Pensar?

–Sí, necessite una idea! He de resoldre un cas que...

–Això és fàcil! Mira, quan em cal una idea jo el que faig és tancar els ulls molt fort, després una mica més fort encara, després no pense en res, després els torne a obrir i... *voilà.*

–Què?

–Que normalment ve la idea. Prova-ho!

Provar-ho no costava res. Ho va intentar. Allí mateix, davant de l'encarregat del quiosc, va tancar

els ulls. Quan els va obrir, davant d'ella va veure un d'aquells còmics nous que havia portat el senyor Josep. Aleshores, va començar a pegar-li voltes a una idea. Allò funcionava.

A la portada del còmic, hi havia un superheroi que no coneixia: Pantalons negres (més que pantalons semblava una granota de treball, però sense mànegues), casc amb dues ales als costats (molt paregut al d'Astèrix), capa roja que li arribava fins als peus... Portava un bigoti molt llarg i ros, quasi blanc (s'assemblava molt a Manel, l'amo de la ferreteria del poble). Duia una maça enorme repenjada al muscle de la qual eixia un raig que travessava el dibuix d'una punta a l'altra.

–Thor. Guerrer del tro! –va llegir.

–És clar! Ja ho tinc! Em transformaré en: Thora, la rescatadora! Tatxan! Tatxan! No podran res contra mi!

Va fer un bes al senyor Josep.

–Gràcies, gràcies, gràcies!

Va entrar corrents al *super*. Va buscar en la secció de les ferramentes, però no hi havia cap maça o martell prou gran per a una *guerrera* de la categoria de Thora. Va buscar a la roba. Li va costar, però finalment va decidir el vestuari de la superheroïna que estava a punt de crear. Aniria vestida amb uns pantalons amb pitrera i tirants, i una camiseta de cotó. (La veritat, així és com li agradava vestir a ella.) Però aquells pantalons eren diferents de tots els altres, eren especials. Aquells, a banda de la butxaca típica de la pitrera, en tenien moltes més, als camals, al cul, a les vores... i encara hi havia una altra cosa que a Marta li va agradar: un trau a l'alçada de la cintura, pensat per a penjar algun martell o alguna serra, o qualsevol altra ferramenta. Ella l'utilitzaria per a penjar la maça de Thora.

Després va anar a la secció d'esports i va buscar unes botes de muntanya i una corda d'escalada, la més llarga que va trobar. I un casc d'espeleologia, d'aquells que porten la llanterna incorporada. Va pensar que, tot plegat, li seria imprescindible per tal d'entrar a l'avenc.

Va passar per caixa, per la qual estava sa mare, és clar! Aquella es va estranyar en veure-li totes aquelles coses.

–Però Marta, on vas amb això? –li va dir–. Au! Ja ho pots tornar tot a les prestatgeries!

–*Perfa!* Mare! *Perfa!* Ho pagaré jo dels meus estalvis! *Perfa!*

Que si volia fer una excursió, que si tots els amics en tenien de botes de muntanya i ella no, que si sense corda no es podia eixir de casa... Finalment la va convéncer.

–D'acord! D'acord! –li va dir–. Però t'ho pagaràs tu, eh?

–Que sí! Ah, per cert! Aquesta nit aniré a dormir a casa de l'àvia, no m'espereu!

–Una altra vegada? Al final l'àvia Conxa t'avorrirà!

–No! No aniré a casa de l'àvia Conxa –va aclarir a sa mare–. Vull anar a visitar l'àvia Fina, al mas!

L'altra àvia de Marta, la Fina, vivia en un mas molt bonic a uns quatre o cinc quilòmetres de Vilapau. Tenia gallines, conills, cabres i tota mena d'animals. A ella li agradava molt visitar-la. S'ho passava estupendament! Però aquella vegada no hi aniria. Ja t'ho deus haver imaginat, que també era mentida. Necessitava una excusa.

–Al mas? –va dir sa mare–. No sé si et podrem acostar! Jo treballe, i el pare havia d'anar a...

–No cal! Hi aniré a peu! Així faré una excursió i estrenaré les botes!

–Però l'àvia Fina viu lluny, no té telèfon per a poder-la avisar i jo crec que...

–Xe, mare!

–Bé, bé! D'acord! Vés-hi! Au, un bes!

Marta es va acomiadar i va anar a la ferreteria del poble. Segur que allí trobaria el que estava buscant.

–A veure, a veure!... –li va dir la dependenta, pensant que portava algun encàrrec dels seus pares–. Què voldrà aquesta xica avui?

–No està Manel?

–No! Avui no hi és!

–Llàstima! –va dir Marta–. Havia pensat que Thor em podria ajudar!

–Qui? –la dependenta s'havia quedat amb la boca torta.

–Thor! Vull dir Manel!

–Com?

Aquella dependenta posava cara de no haver despatxat mai una clienta tan rara.

–Res! Coses meues!

–Ah! –va dir només per tal de seguir-li la corda.

–Ensenyem els martells, les macetes i les maces més grans que tinga! –va dir mentre estirava els braços per mostrar-li la grandària.

–Eh?!

Ara, definitivament, va pensar que aquella clienta que li havia tocat no només era molt difícil, també estava completament boja. Li hauria pogut demanar una dotzena de claus, o la junta de goma d'una cafetera, o alguna cosa d'aquelles... Però, donar-li els martells més grans de la tenda a una xiqueta que, a més, semblava boja, li va paréixer temerari. Li va traure dos martellets xicotets per no fer-la enfadar. Havia sentit dir que als bojos no se'ls ha de contradir.

–No, no, no! –a Marta, no la van convéncer–. Aquests ja els he vistos al *super*. Jo busque una cosa especial! M'entén?

La dependenta li va dir que ho sentia molt, i que no tenien una altra cosa, i que si volia tornar quan estiguera Manel, i que... Marta va eixir de la botiga tota disgustada, per no haver trobat el que buscava. Aleshores va veure una parella d'operaris que estaven col·locant uns rètols nous a la ferreteria. Havien desenganxat un martell de dimensions descomunals que havia servit de reclam. Fins ara, havia estat penjat a la façana de la ferreteria amb dues cadenes.

–I això? –va preguntar Marta a la dependenta mentre assenyalava aquella maça gegant que havien deixat a la vorera.

–És l'antic rètol! –va contestar aquella–. Manel el vol tirar. S'ha quedat antiquat!

–Me'l vendria? –es va interessar Marta.

–Si el vols, ja el pots agafar! –va dir la dependenta, que volia traure's Marta de damunt–. Ens faràs un favor.

Marta va agafar aquella maça. Amb prou faenes la podia portar de tant com pesava. Així que la va veure havia sabut que aquella seria el complement ideal per a Thora.

–Me la pot empaquetar? –li va demanar encara a la dependenta.

Aquella va fer mala cara, però va accedir. Mentre la dependenta estava buscant un paper prou gran per a embolicar aquella maça, Marta va veure una campaneta que també li va agradar.

–Ah! I també vull aquella campaneta que té a l'aparador! Apunte-la a la llista! Dilluns passarà ma mare a pagar-li!

Va arribar a casa tota carregada amb les *compres*. Son pare ja havia marxat. Ella es va vestir amb aquella samarreta i amb aquells pantalons de pitrera. Li va pintar dues ales al casc d'espeleologia i va buscar alguna tela que li poguera servir de capa. Finalment es va decidir pel cobrellit de l'habitació dels seus pares. Era l'única tela de color roig que va trobar, això sí, estava plena de redolins de tots els colors i les vores estaven rematades amb flocs i borles. Semblava la tela d'un vestit de sevillana. Se la va tirar damunt i se la va lligar al muscle amb un nus. Es va guardar la campaneta en una de les butxaques. Es va carregar la corda i va passar el mànec de la maça per aquell trau que tenien els pantalons, com si fóra una espasa. Es va mirar a l'espill. No s'assemblava massa a aquell superheroi del còmic. La veritat, tenia una pinta més còmica que una altra cosa, així i tot, ella es va veure transformada en...

–Per a lluitar contra el mal... de Vilapau de Dalt arriba... Tatxaan! Thora, la rescatadora.

Carregada amb tot aquell equipatge va eixir del poble cap a l'avenc. Hauria de caminar molt!

Tres ajudants, grans com a gegants!

Havia caminat molt. Ara tot li feia nosa. S'havia passat amb la grandària de la maça, el mànec era tan llarg que no la deixava doblegar bé la cama i, a la llarga, allò resultava molt molest; la capa roja (vull dir, el cobrellit dels seus pares) era massa gran i se la xafava contínuament; el casc la feia suar; les botes, com que eren noves, li feien mal als peus i, per acabar d'arredonir la cosa, ja no sabia on ficar-se la corda. Li molestava al muscle, a l'esquena, a un costat, a l'altre...

Estava més cansada que una xufa! Per sort, hi havia un pi a la vora del camí. L'ombra que feia era molt abellidora. Va anar-hi de cap amb la idea de reposar una mica.

Tres homes molt grans havien tingut el mateix pensament que ella. Estaven asseguts a l'ombra del pi i els caps els tocaven a les branques. Semblaven gegants o jugadors de bàsquet, o les dues coses! Ella va seure a la vora. Era com una formiga al costat d'aquells homenassos.

–Bona vesprada! –va dir Marta.

–No la fa roïna! –li va contestar un.

–No havia passat ja Carnaval? –va preguntar l'altre mentre li alçava la *capa* a Marta i la mirava amb una riota a la cara.

–Vols dir que eixa maça no té massa pes per a tu? –va dir el tercer.

Van riure els tres. Però Marta no es va immutar. Aquells homes no van parar de fer-li preguntes. Que si anava a un ball de disfresses, que si les aletes del casc les havia pintades ella, que si feia de pallassa en algun circ, que si això, que si allò... No paraven de burlar-se'n. Ella, al principi, no volia fer-los cas, ni explicar-los res, però la van encendre tant que finalment va saltar.

–D'acord! Prou! Heu de saber que esteu parlant amb Thora, la rescatadora! Estic en una missió secreta. No us volia explicar res, però ja que us heu posat tan... –els ho va explicar tot, fil per randa– ...Així que vaig a rescatar el meu amic.

–I t'ho podràs fer tota sola? –li van dir quan l'havien escoltada.

–Si no pots ni carregar la corda, ni la maça que arrossegues!

–La *guerrera salvadora!!!* Ha, ha, ha!

Van esclafir a riure els tres. Marta es va enfadar. Com gosaven riure's així de Thora?

–Ja està bé la cosa, tu! No sabeu fer res més que burlar-vos de la gent que no és tan gran com vosaltres? Us penseu que perquè sou grans podeu...? Us creieu molt valents, no?

–Per favor... Tu ens has vist bé? Nosaltres no tenim por de res!

–Doncs si sou tan valents, veniu amb mi i ajudeu-me!

–Ni pensar-ho! Com si no tinguérem res millor a fer! Estem molt ocupats, nosaltres, saps?

–Llàstima! –va dir Marta–. La recompensa serà per a mi sola!

–Recompensa? –en sentir aquella paraula els ulls els feien pampallugues als tres.

–Sí! I es parla d'un milió d'euros! –Marta va continuar amb el seu invent, volia convéncer-los al preu que fóra, necessitava ajuda.

–Un milió?

–Això diuen!

–Saps? Consultarem l'agenda, però jo crec que hi podrem anar... –va comentar un, mentre li pegava colzada a l'altre.

–Eh? Ah! Sí, sí! –va dir l'altre–. Estem molt ocupats, però farem un foradet!

–I tant! –va dir el tercer–. T'hi acompanyarem!

Marta els va agafar la paraula i va repartir el pes de seguida. Li va donar la maça a un, la corda a l'altre i la campaneta al tercer.

Ella es va quedar més lleugera perquè havia de guiar la marxa i obrir camí.

En un tres i no res van arribar a l'avenc.

–Caram! –van dir els *gegants*–. No sé si tindrem prou corda!

Realment, a la llum del dia, encara semblava més fondo.

–Ara no us en fareu arrere, veritat?

–No, dona, no! I ara! De cap manera!

Havien vingut tot el camí presumint: que no sé com t'ho hagueres fet per fer aquest camí tan carregada, que si quina sort que has tingut de trobar-nos, que si tu sola no hagueres pogut fer res... Ara no podien recular, així que van voler oferir-se per ser els primers a endinsar-se en aquell pou.

Primer va voler baixar Paco, el més gran de tots, i Marta li va dir:

–Posa't el casc!

–No! Passe del casc! Em farà més nosa que una altra cosa.

–Però, i la llanterna?

–No em cal! Tinc molt bona vista!

–Doncs, pren la campaneta!

–Per a què?

–Si baixant, tens por o et passa alguna cosa, toca-la! Et pujarem de seguida!

–Vinga va, dus cap ací! –va dir Paco de mala gana–. Però perdem el temps, per mi te la podries guardar, la campaneta! Jo no tinc mai por de res, ja ho saps!

Però la va agafar i va començar a baixar mentre els altres li sostenien la corda.

Encara no havien passat ni deu segons i ja van sentir la campaneta tocant desesperada:

–Tilín, tilín, tilín...!

–Amunt! Amunt de pressa! –va cridar Marta que, estava abocada al forat escoltant el que passava–. Estireu fort de la corda! El vostre amic està en perill!

Així ho varen fer, van començar a menar de la corda ràpidament, fins que va aparéixer Paco tot sufocat.

–Què t'ha passat? –el van interrogar–. Com és que has tocat la campaneta tan prompte?

–M'ha passat!, m'ha passat!... Aquest avenc és ple de serps. Jo no tinc por de res, però, justament les serps... No puc amb elles!

–Bah! Ets un poruc –li va amollar Cristòfol, l'altre *gegant*.

–Poruc? Tu no saps el que dius! Entra i veuràs!

–I tant que entraré!

Tampoc no va voler el casc de Marta. El van lligar de la corda i van començar a baixar-lo. Va arribar a les serps i va tenir molta por, però va callar i no va tocar la campaneta. No li van fer res. Potser ni el van veure. Més avall, però, es va trobar un munt de lleons que se'l volien menjar. Li semblava sentir com rugien, com se li acostaven, com l'amenaçaven amb les urpes. Ell només tenia la campaneta per a defensar-se, de manera que la va utilitzar.

–Tilín, tilín, tilín...!

–Pugeu-lo! Pugeu-lo! Ràpid! –va tornar a avisar Marta.

–Què? També t'han fet por les serps, eh? –li va preguntar Paco.

–Ufff! –va bufar Cristòfol en veure la llum del dia–. La veritat és que hi ha moltes, eh? I són ben grosses. Però a mi, el que m'ha fet por de veritat han sigut uns lleons que hi ha més avall i que venien per mi, descarat!

–Va, aparteu-vos! Que sou una parella de gallines! –va dir el més menut dels tres, a qui li deien Manuel–. Ara baixaré jo!

Com als altres, el van lligar a la corda, li van donar la campana i... avall! Aquest va passar les serps i es va aguantar la por. Va passar els lleons i tampoc no va dir res, però després, més avall, va veure una cosa que li va gelar la sang. Mai no havia vist una cosa com aquella. Com que tampoc s'havia posat el casc amb la llanterna, no ho acabava de veure clar, però li van semblar les bèsties més terribles que havia vist mai. De manera que es va posar a tocar la campaneta i a enfilar-se per la corda com podia, tot a la vegada. Li faltaven mans per a fugir d'allí!

En arribar dalt els ho va contar.

–I he... he... he patit molt... molt... molta por! –va dir entre sanglots.

–Les serps, és clar! –va dir Paco.

–No... no! Que... que... va... va! –tartamudejava encara.

–Els lleons, és clar! –va dir Cristòfol.

–Que no! Ni serps, ni lleons! El que m'ha fet por de veritat és el que he trobat més avall!

–Queeeeeè???! –van preguntar els altres desesperats que volien saber el desenllaç–. Parla d'una vegada!

–El que m'ha fet por de veritat... –continuava ara amb l'auditori més que intrigat– han sigut uns mostres terribles. Uns animals que són com una mescla de lleó i d'àguila!

–Sí home! I què més? –van dir els altres dos–. T'ho estàs inventant! Veritat que és una trola, Marta?

Però Marta no deia res. En sentir les paraules de Manuel s'havia quedat tota cavil·losa.

–Grifons! –va dir de sobte, mentre eixia del seu encaparrament–. Són grifons!

–Què?

–Que no s'ho inventa! –va afegir encara amb molta tranquil·litat–. Aquelles bèsties que Manuel ha vist són grifons!

–Hala! Ho veieu com no m'ho invente? –Manuel va aprofitar per a justificar-se–. Són grifons!

Marta, en sentir la descripció d'aquelles bèsties, sabia que li sonaven d'alguna cosa. Havia estat cavil·lant i, finalment, ho havia recordat. Havia vist aquells animals en unes il·lustracions d'un llibre de la biblioteca. Es titulava *Criatures que mai no han existit*. Ara, estava ben tranquil·la. Gràcies a aquell llibre, estava segura que aquells animals no existien, eren un trucatge, no representaven cap perill!

Com que estava tan segura, es va oferir voluntària per entrar-hi.

–No entres! Estàs boja! –els altres miraven de fer-la desistir.

–Tranquils xicots! Cap bèstia podrà amb Thora. –va dir Marta

Va agafar la maça i la campana. Es va col·locar el casc alat i la capa voladora. Els *gegants* tremolaven de por.

–Mireu! –va continuar dient–. Jo tocaré la campaneta sempre i només si pare de tocar-la és que la cosa va malament. Si no sentiu la campana estireu de la corda i pugeu-me ràpidament. Ho teniu clar o què?

–Sí, sí, sí! Cla... claríssim!

–El que tu... tu... tu digues!

–D'aco... co... d'acord!

Marta es va lligar a la corda i va encendre la llanterna del casc. Després va alçar la maça a l'aire.

–Tatatxan! Pas a Thora!

Just en aquell moment es va sentir un tro. Casualitat, sort...? La qüestió és que Marta va començar a creure's que tenia superpoders, que era una superheroïna. S'havia transformat en:

–Thora, la rescatadora!

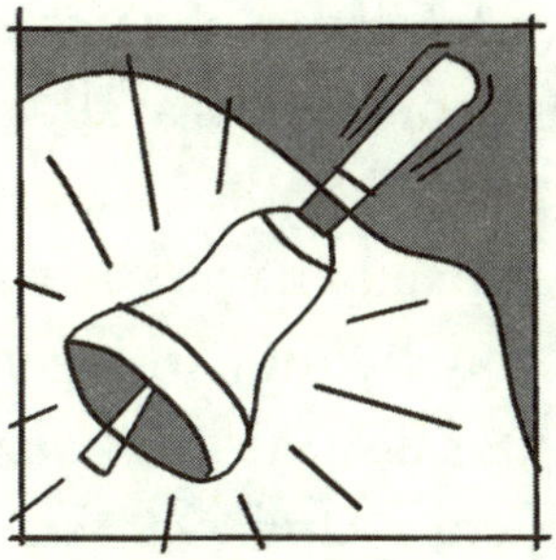

Atrapada al fons de l'avenc

Thora, la rescatadora, es va posar a tocar la campaneta.

–Tilín, tilín, tilín...

Marta va començar a baixar. Havia lligat la maça a la corda, d'aquesta manera la podria utilitzar quan la necessitara, però no li pesaria a ella. Va ser una bona pensada. Si no haguera sigut així, no s'hauria aclarit. Ara, en veure aquelles parets tan escarpades, era conscient de la dificultat d'escalar per allí. Cada vegada que hi recolzava els peus, li relliscaven com si les parets foren de sabó. Sense l'ajuda d'aquells tres *gegants porucs* que li menaven la corda, fent-li *d'ascensor*, mai no ho haguera aconseguit.

–Tilín, tilín, tilín...!

Va arribar a les serps. Thora, vull dir Marta, va agafar la maça que baixava penjada de la corda i, amb dues maçades, les va esclafar totes. I va fer el mateix amb els lleons i, més avall, amb els grifons. Tot era de cartró!

Fins ací la baixada havia estat senzilla. Marta ja sabia que, aquells monstres, eren un engany per tal d'espantar els possibles *visitants*. A partir d'ara, però, la cosa canviava. Ara s'hauria d'enfrontar sola amb tota la banda de segrestadors i aquests eren de veritat. Tenia por. Així i tot, ella en cap moment va deixar de tocar la campaneta. Va pensar de fer-ho, saps? De fer pujar *l'ascensor* a tota màquina. Tenia moltes ganes de fugir d'allí, però pensava en el seu amic i allò li donava forces per a continuar.

Finalment, va arribar al fons. Al refugi dels segrestadors. Amb el soroll que havia fet amb la campana, els havia posats alerta i ja l'estaven esperant. Així que va tocar terra se li van tirar al damunt. La dona li va agafar la campana, i els dos homes la van subjectar de mans i peus. No tenia res a fer!

Però, ves per on, va ser la campana la que la va salvar. L'havia agafada la dona i, naturalment, va deixar de sonar. Aleshores, els seus *ajudants* de la superfície van saber que alguna cosa anava malament i van seguir les instruccions de Marta al peu de la lletra. Van estirar de la corda i la maça de Thora, que estava lligada, va començar a ballar, folla, d'una banda a l'altra de l'avenc, com el batall d'una campana gegant. Va fer tota sola la seua faena.

–Catacloc! Aiiiii!

La dona no la va poder esquivar i va rebre un colp de maça al cap.

–Plofff!

–Tilín, tilín, tilín,...!

Va caure desmaiada i amb ella la campana que, mentre rodolava pel terra, va tornar a sonar. Els *ascensoristes* van pensar que els ordenaven baixar, així que van deixar anar la corda amb la maça i, sense saber-ho, la van deixar caure damunt dels dos galifardeus que estaven mirant d'immobilitzar Marta. Aquells dos també van quedar ben estabornits per la maçada.

Realment la maça de Thora era màgica? Jo diria que sí! La qüestió és que Marta va quedar lliure. Va agafar la campana, la va tocar i va pegar un crit als seus ajudants.

–Ieeh! Pareu ja! Que he arribat al fons!

–Estàs bé? –van preguntar–. Passa alguna cosa? Com és tant de campana sí, campana no?

–No passa res! –els va tranquil·litzar sense més explicacions–. Tot està controlat! Ja us avisaré quan haureu de pujar-me!

–D'acord!

Marta va agafar un tros de corda i va lligar de peus i mans els tres segrestadors, no fóra cas que es despertaren i li donaren problemes. Després, es va dedicar a escorcollar la cova. A la paret va veure un interruptor de llum. Va fer clic, i tot l'avenc es va il·luminar de sobte. Aquella gent tenia l'amagatall molt ben condicionat. Ja no li caldria la llanterna del seu casc.

Va entrar per un corredor molt llarg i, al fons, tancat en una mena de gàbia molt gran, va veure el seu amic Jordi estirat a terra. Estava dormint. Marta va voler obrir la porta, però no va poder. Estava passat el forrellat i tancat amb clau.

–Eh! Jordi! –el va cridar des de fora–. Jordi!

Però no el va poder despertar. Va tornar on havia deixat els segrestadors. Després del cop de maça que havien rebut els tres, aquells també dormien planet.

–Millor! –va pensar Marta–. Que dormen!

Els va regirar les butxaques i els va trobar unes claus. Les va provar al forrellat de la porta de la gàbia. Però, amb els nervis, no encertava la clau.

–Jordi! –mentre mirava de fer-ho, intentava despertar el seu amic–. Vinga, desperta't! Hem d'eixir d'ací!

Marta no sabia quant els duraria als segrestadors *l'efecte* de la maça, així que volia donar-se pressa. Per fi va trobar la clau adequada i va obrir. Es va acostar al seu amic i el va tocar.

–Va! Vinga! –li deia, però Jordi estava completament dormit, no feia reacció, ni sacsejant-lo–. Desperta't ja, caram!

El va agafar de les mans per arrossegar-lo fora d'aquella gàbia. Va ser llavors quan va veure una cosa que li va cridar l'atenció.

Al dit anular de la mà esquerra, portava un anell.

–Mai no li l'havia vist! –es va estranyar Marta.

Jordi se'l devia amagar cada vegada que quedava per jugar amb ella. Aquell anell tenia un segell amb un trèvol de quatre fulles. Era idèntic al que li havia vist al senyor Massapela.

–L'anell de la sort! –va exclamar emocionada–. Aquell pel qual es preocupaven tant els seus pares!

Li'l va traure per mirar-se'l de prop.

–Doncs jo no veig que puga ser tan... perillós! –va pensar mentre el mirava amb deteniment.

Anava a posar-li'l al dit una altra vegada, però s'ho va repensar.

–De tota manera, si és tan perillós... –va pensar mentre se'l guardava–. Sempre estarà més segur a les butxaques de Thora!

Just a la vora d'on estava estirat el seu amic, va veure un drap blanc i humit que feia pudor d'hospital. Marta no havia olorat mai el cloroform, però va pensar que aquell drap en tenia. O cloroform o alguna cosa d'eixes. Segurament, els segrestadors l'havien anestesiat per tal que no els donara problemes. Se l'hauria de carregar a l'esquena per traure'l d'allí. Ho va provar, saps?, però no va poder. Marta no estava tan forta com la superheroïna que havia imaginat.

Es va enfadar en veure que no podia, i que havia estat una beneita, i que era impossible, i que tota sola no podria rescatar el seu amic d'aquell avenc, i que havia creat una fantasia que ella mateixa s'havia cregut, i que...

–I ara què? –es renyia a ella mateixa–. Ara què, Thora?

Es va traure el casc i el va tirar a terra enfurismada. Després va fer el mateix amb la capa.

–Molta capa voladora, i ara què?

Estava rabiosa, es va posar a saltar damunt d'aquell cobrellit que li feia de capa.

–Què he aconseguit, eh? Deixar els meus pares sense cobrellit i...

Va agafar la *capa* per revolar-la i, aleshores, li va venir la llum.

Va estirar aquella tela al costat del seu amic i, després, el va fer rodolar fins que Jordi estava estés damunt. El traslladaria arrossegant-lo. Va ser una bona pensada. No va ser fàcil, no penses!, però ho va aconseguir! A poc a poc, va arribar al lloc on encara dormien, inconscients, els segrestadors. Potser aquell colp de maça havia estat massa!

Jordi també continuava dormint, així que el va lligar ben fort a la corda, li va posar el casc per evitar-li els colps al cap i...

–Ieee! Paco!, Cristòfol!, Manuel! –va cridar als de fora mentre tornava a tocar la campana.

–Queeè? Què passa? –va dir un.

–Prepareu-vos que pugem! –deia–. Vinga! Estireu, que va Jordi!

–Però què? Qui? –va tornar a dir el gegant.

–Qui puja? –va dir l'altre.

–Va, calleu i estireu! –va dir el tercer–. És igual. No sentiu la campaneta?

I van començar a menar la corda. Amb cada estirada, Jordi anava sacsejant-se d'una banda a l'altra de l'avenc. Però ni aquells moviments tan exagerats el van despertar. Va ser en arribar dalt, mentre Paco el deslligava de la corda, que va començar a recobrar la consciència. Estava marejat com un allioli. No sabia on era, ni què passava, ni qui era aquella gent que l'estava deslligant, ni...

Va deixar fer a Paco i, una vegada es va veure lliure de la corda, va arrencar a córrer. Mirava de fugir, però les cames li van fer figa per l'efecte de l'anestèsia, i va caure a terra.

–Ieeh! Tranquil! Xaval! –li va dir Cristòfol–. On vas? No tingues por, que som amics, xe!

Els *ajudants* de Marta van mirar d'aclarir-li la situació.

–...i tu vals un milió d'euros!

–Què? –va dir Jordi, que no entenia res.

–La recompensa, home! La recompensa!

–Ah!

Aquells tres només pensaven en els diners. Jordi els va pispar de seguida. Quan va veure que estaven recollint les coses, va ser conscient que portaven idea de deixar la seua amiga abandonada al fons de l'avenc.

–Però, on aneu?

–On vols que anem? A portar-te a casa, home!

–Però, i Marta? No la deixareu a dins de l'avenc, veritat?

–Ai, Marta! És veritat! Ens n'havíem oblidat! –va dir un amb la veu falsejada.

–El cas és que si li ajudem a eixir ara... –va opinar un altre–. Farem tard a ta casa i els teus pares deuen estar patint!

–Tens raó! –va dir el tercer, que tampoc no volia fer part de la recompensa a Marta–. Ja està bé on està! Ja eixirà pel seu compte!

–No, per favor! –els va suplicar Jordi–. No podrà eixir! Jo conec bé l'avenc!

–Sí home, sí! No veus que porta la capa voladora! –va dir Paco entre riotes.

–Xeee! Quina llàstima! –Cristòfol li va seguir la broma–. Li falta el casc de les aletes, sense ell...

–Cap problema! –es va burlar Manuel, mentre agafava el casc i el tirava a l'avenc–. Arreglat! Au, ja ens en podem anar! La superheroïna ja té el casc i la capa, ara ja podrà eixir tota sola! Ha, ha, ha!

–Noo! –Jordi es va posar a plorar amb desconsol.

–Va, deixa de plorar i anem! Ens espera la recompensa!

–No, per favor! –els demanava amb les llàgrimes als ulls–. Pels diners no ho feu! Els meus pares en tenen de sobra. Us en donaran tots els que vulgueu, però ajudeu-la a eixir! Per favor!

Aquells tres eren immunes a les llàgrimes i a les imploracions de Jordi, però en sentir parlar de més diners, van canviar d'actitud. Semblava que estaven disposats a col·laborar.

–Marta! –van cridar mentre li tiraven la corda.

–Què? –va contestar l'altra des de dins.

–Au! Lliga't a la corda que et pujarem!

Però no se'n refiava ni un pèl, dels seus *ajudants*. En lloc de pujar ella, va preferir lligar la maça. Li va posar el casc i la capa, de manera que, des de dalt, semblava que era Marta qui estava enganxada a la corda. Després es va posar a tocar la campaneta.

–Tilín, tilín, tilín...!

–Va, pugeu-me! Amunt! Ja hi estic lligada!

Els tres van començar a menar la corda. Jordi estava content perquè es pensava que estaven pujant la seua amiga.

Però, quan havien pujat la maça, amb el casc i la capa, fins a la meitat de l'avenc, els gegants van deixar caure la corda.

–Ai, ai, ai! La corda! Ai! –va dir un fent-se l'innocent–. Que ens ha caigut Marta, ai! Quina desgràcia!, mira que esvarar-nos la corda!

–Ai, ai, ai! Pobra –va dir un altre sense convicció.

–No hi ha res a fer, Jordi, pobra Marta! –va dir el tercer, mentre mirava pel forat de l'avenc amb una cara de pena més falsa que una moneda de cinc euros.

–Marta! Em sents? –cridava Jordi, que no es volia resignar que la seua amiga haguera sofert un *accident* mortal–. Marta! Estàs bé?

Marta el sentia, és clar que el sentia, però, tot i que li feia mal el cor per la pena del seu amic, no li va voler contestar. No es refiava gens dels seus *ascensoristes*, així que es va ficar un punt a la boca i va callar.

Jordi no volia tornar a casa. No volia moure's d'allí. Només quan va ser conscient que no es podia fer res, que no tenien ni corda, ni mitjans, que no podien intentar un rescat... només llavors, capmoix i trist, carregat d'una profunda pena, va accedir a tornar amb els altres tres cap al poble.

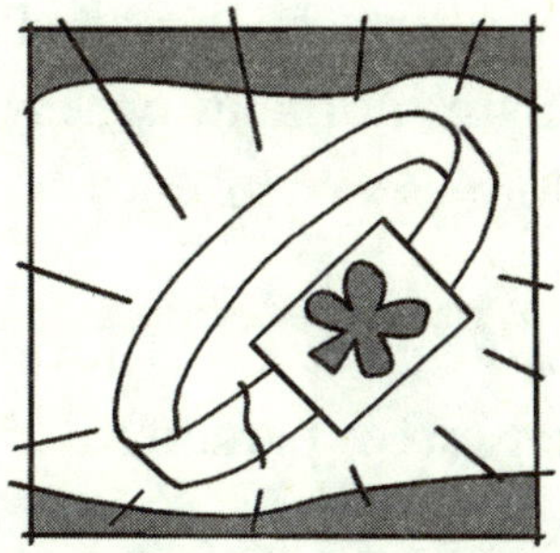

L'anell de la sort

Jordi va accedir a tornar amb aquells tres al poble, amb la condició que regressarien a l'avenc i intentarien el rescat de Marta. Encara li quedava un fil d'esperança.

El seus pares es van posar molt contents de veure'l sa i estalvi. El van besar, el van abraçar, el van tocar, el van estrényer...

–Moltes gràcies! –va dir la senyora Helena als rescatadors–. No sé com els podríem pagar aquest favor tan gran!

–Això, això! –va dir el senyor Xavier–. No sé com els podríem pagar!

–Home! Havíem sentit dir que hi havia una recompensa –va dir Paco.

–Recompensa?

–Sí! Recompensa! –va dir Cristòfol–. Diners! M'entén?

–Ah? Diners! Perfecte! –va dir el pare de Jordi–. Francesc! Vine un moment, per favor!

El majordom es va acostar.

–Sí? Senyor?

–Francesc! Vés a la caixa forta i porta... De quina quantitat estem parlant?

–Havíem sentit dir... un milió d'euros? –va temptejar Manuel, que encara no havia obert la boca.

–Un milió, molt bé, cap problema!

–Dóna'ls-en més pare! –somicava Jordi amb les llàgrimes als ulls–. Els he promés que si m'ajudaven a rescatar una amiga els pagaries més! Snif! A la seua manera, snif, però ho han intentat! Snif, una promesa, és una promesa!

–Més? Molt bé, però més d'un milió...! No sé si tenim aqueixa quantitat ací al xalet! Francesc, mira-ho a veure!

El majordom va eixir del saló i al poc va tornar amb un maletí negre que va obrir davant dels tres *rescatadors*. En veure aquella pila de bitllets, els ulls els feien canaleta.

Però la senyora Helena, inesperadament, va tancar el maletí de colp. Una mica més i li pilla els dits, a Paco.

–Ep! Un moment! –va dir la senyora Massapela.

–Què? –va dir Paco.

–Què passa? –va dir Cristòfol.

–Sí! Què passa? –va dir Manuel.

–Sí, això, això! Què passa? –va rematar el senyor Xavier, que no entenia tampoc per què la seua esposa havia paralitzat el pagament.

–Que no cobrareu fins que no torneu a l'avenc a ajudar Marta –va dir Jordi–. M'ho vau prometre!

–T'ho vam prometre i anirem! Ara pagueu-nos i...

–No! –va tornar la mare de Jordi–. Jo no volia dir això!

–A no? –es va estranyar Jordi.

–No! –ara la senyora Massapela s'adreçava al seu fill–. Jordi, mira't el dit!

–Òndia! –va dir Jordi.

–On és l'anell? –va preguntar la mare de Jordi als rescatadors.

–Sí, això, això! On és l'anell? On és? –va dir el senyor Massapela.

–Quin anell? –van demanar els tres a la vegada.

–L'anell! L'anell de la sort! –va dir la senyora Massapela–. El meu fill l'hauria de portar posat!

Cap dels tres *rescatadors* no va saber aclarir on era aquell anell. Ni s'havien adonat si Jordi en portava cap, d'anell.

–Per un simple anell... –va comentar Paco despectivament.

–No és un simple anell! –el va tallar la mare de Jordi.

–Això, això! No és un simple anell! –va aclarir el pare–. Era de mon pare, pertany als Massapela des de fa molts anys. Per a la nostra família té molt de valor... sentimental!

–Però si s'ha perdut, se'n fa un altre i avant! –va comentar Paco, que no entenia quin era el problema–. Sí, a vostés, els sobren els diners!

–Tampoc no es qüestió de diners! –va dir la mare.

Sense aquella joia semblava que els Massapela estaven com despullats. Havien recuperat el seu fill, sí!; era el més important, sí!; però estaven molt decebuts per la desaparició de l'anell familiar.

Ja saps per què, no? D'on traurien ara la màgia de la sort?

Van acusar els tres *rescatadors* de robatori, i aquests van intentar justificar-se però no els van servir de res les excuses. Els van empresonar i, evidentment, no van poder cobrar aquella recompensa tan desitjada.

Diuen que «qui tot ho vol, tot ho perd», si no hagueren volgut estar al plat i a les tallades... Si no hagueren estat tan recelosos, si hagueren ajudat

Marta, ara, haurien pogut lliurar l'anell. Tindrien la recompensa i serien lliures. Per culpa de la seua rateria, eren tots presoners. Ells tres al calabós i, Marta, en el fons d'aquell pou sense saber com eixir-ne.

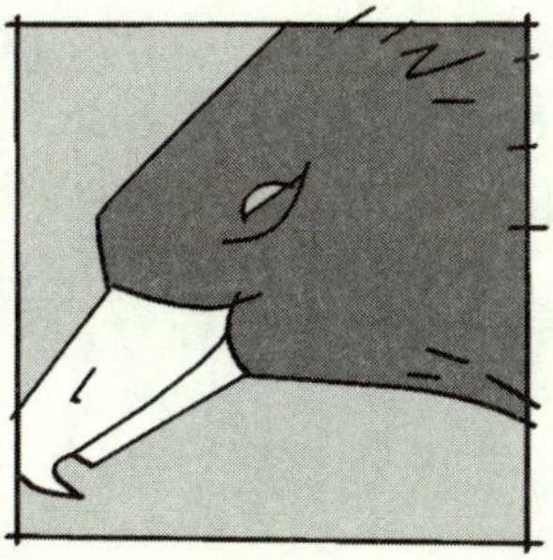

L'àguila

Marta encara estava tancada dins d'aquell pou sense saber com eixir-ne.

Els seus *ajudants* havien espatllat definitivament *l'ascensor* en deixar caure la corda al fons. Va mirar d'escalar per les parets, però resultava impossible. Estaven humides, relliscaven i, cada vegada que ho intentava, tornava a caure al fons. Però ella no es donava per vençuda i persistia. Una vegada, i una altra, i una altra...

En un d'aquells intents, va sentir un xiulit que li era familiar. L'havia sentit abans però, ara, no sabia on. Al poc, es va fer completament fosc. O s'havia tapat el sol, o alguna cosa molt gran estava entrant pel forat de l'avenc.

En aquella foscor va sentir un crit que la va deixar gelada. Se li van esvarar les mans i va tornar a caure. La batacada no va ser res, no havia pujat molt amunt, però l'ensurt la va deixar paralitzada.

L'àguila gegant, aquella que havia ajudat els galifardeus l'altra nit, estava entrant a l'avenc atreta pel xiulit. Ara va recordar on l'havia sentit, era el xiulit de la cap de la banda.

Aquell monstre baixava en picat, a tota velocitat. Venia de cara a ella i, ella, amb aquell anquilosament que no la deixava moure ni una pestanya... Per un moment va pensar que tenia els minuts comptats.

Però l'animal no la va veure, o no la va mirar. Va aterrar tranquil·lament al seu costat, va fer quatre bots amb les potes juntes i, ràpidament, es va plantar al lloc on l'havien cridada.

Els segrestadors ja s'havien despertat. La cap de la banda li parlava dolçament, xiuxiuejant-li. L'àguila semblava entendre el que li deia. Quan la dona va acabar de donar-li instruccions, aquell monstre va començar a esgarrapar-li les lligadures.

Marta havia d'actuar ràpidament. Si aquell animal alliberava els segrestadors, estava perduda! Però què hi podia fer?

Una altra vegada, la *capa* de Thora li va donar la solució. Torejaria l'àguila.

–Ehe! Mira! –la cridava com si fóra un bou–. Ehe! Àguila! Mira! Ehe!

L'animal va alçar el cap i es va quedar mirant-la.

–Aica! Pap! Pap! –li va ordenar la segrestadora–. Ataca! Ataca!

L'animal va fer el que li havien manat, va deixar d'esgarrapar els nusos i es va dedicar a empaitar Marta. Just el que ella volia. El següent pas havia de ser allunyar-la dels segrestadors.

–Ehe! Ehe!

Es va posar a córrer per aquell passadís de roques i va fer que l'àguila la seguira. Va arribar a la gàbia on havia estat tancat el seu amic. Va entrar dins, i va tancar la porta darrere d'ella. De moment s'havia escapat, però... L'àguila mirava de ficar el coll entre els barrots. Aquell animal tenia molta força, podia doblegar el ferro o fer redolar la gàbia o... destrossaria la gàbia amb ella a dins.

–Va! Va! Va! Marta! Pensa! Cavil·la! –es donava ànims ella mateixa.

Li va venir al pensament el truc de les idees. Aquell que li havia ensenyat el senyor Josep. L'altra vegada li havia funcionat, així és que va tancar els ulls, els va pressionar amb força, no va pensar en res, els va tornar a obrir i... Al cap de poc, se li va acudir una idea!

Va obrir la porta de la gàbia, i va deixar passar l'àguila. Quan ho va haver fet, va deixar que se li acostara i, quan ja estava a punt de posar-li una d'aquelles potes damunt, Marta li va llançar la capa a la cara, i allò la va desconcertar. Aleshores, va aprofitar per arrancar a córrer passant-li per baix de les potes, torejant-la una altra vegada.

–Mira, mira, mira! *Oleee!*

Li havia agafat gust a l'art taurí. Amb aquell desconcert, Marta va aconseguir eixir de la gàbia, la va tancar i va deixar l'animal empresonat.

–Ho sent! –va dir-li mentre la tancava–. Si fores la meua amiga, no t'hauria de tancar, però com que només fas cas de...

Marta va ser conscient que si tenia alguna possibilitat d'eixir de l'avenc, havia de ser amb l'ajuda d'aquella àguila.

–Però la tenen ensinistrada aquesta colla de... Un moment! Tal vegada si jo li diguera les paraules adequades... a mi també em faria cas!

Va anar provant diferents paraules, això sí, sense obrir-li la porta.

–Àguila, aguileta, treu-me d'ací, dolceta!

Però res!

–Si em treus d'aquest pes, mai no et faltarà de res!

I tampoc! Estava clar que aquell animal no reaccionava als redolins. Només ho feia a unes paraules concretes, però a quines?

–A veure! –deia–. Per a fer-la acudir li van pegar un xiulit. Però això jo m'ho puc estalviar. Jo ja la tinc ací! Després aquella dona li va dir unes paraules per a fer-la aterrar, unes altres per fer-li baixar el cap...

No podia recordar-les de cap manera. Va provar diferents sons. Va fer mil gestos, accions, carasses, fins i tot va agafar un pal, que va trobar per allí, per utilitzar-lo de fuet.

–Vinga! Vinga! Hop! Hop! –mirava d'imitar un domador que havia vist al circ–. Vinga, àguila! Ale hop! Ale hop!

Però l'àguila ni cas! Marta ja no sabia què fer!

Però, va tancar els ulls molt fort i va fer tot això que ja saps i, aleshores, se li va acudir una altra idea.

–Has d'ajudar-me!

–...

–Sí! No et quedes així! M'has d'ajudar!

–...

Però, a qui li estava demanant ajuda Marta? A l'avenc no hi havia ningú, tret d'ella i dels segrestadors, i no crec jo que aquests...

–Ei! –deia Marta–. Que t'estic parlant a tu!

–...

–Sííí! Tu que estàs llegint el llibre! Sííí! A tu! Voldries fer el favor de tornar arrere i mirar a la pàgina 45? Hauries de llegir-me en veu alta les paraules màgiques per a ensinistrar l'àguila! Au va! Vinga! Jo no ho puc fer!

–...

–Ieee! Que és per avui! Vols llegir d'una vegada?! Que t'estic veient com passes de tot! Vingaaaa! Ja t'he dit que jo no puc, vaaaa!

–...

–Així m'agrada! Pàgina 45! Gràcies! Molt bé! Però, podries repetir-les més fort i amb el llibre obert per ací? Si les lliges a la pàgina 45, jo no les puc sentir a la 118. No ho veus, que estan molt lluny?! Hi ha 73 pàgines de distància! Va, tornem-hi!

–...

–Ara sí! Ja ho tinc! Molt agraïda!

Sort que estàs llegint el llibre, sort que pots anar arrere i avant a la pàgina que vulgues, eh? Quina sort, eh? Arreglat!

–Aica! Aup! Iiia! Iiia! –va dir a l'animal, sense obrir la gàbia per si de cas.

I l'àguila va baixar el cap.

–Funciona! –va exclamar Marta tota emocionada.

Va obrir la gàbia amb precaució. Va replegar la seua *capa* del terra, se la va posar a l'esquena i es va acostar al pardalot. Va veure que el tenia completament dominat. Ja no l'hauria de torejar més. Li va pujar al coll i li va dir.

–Aica! Aup! Amm! Amm!

I l'àguila va eixir de la gàbia, va fer un parell de xancades i va arrencar el vol. Va passar per on estaven els segrestadors.

–Ehh! Ehh! Fiuit! –la cap de la banda no parava de cridar-la i de xiular-li–. Ehhh! Fiuit! Fiuit!

Però l'àguila ja no se l'escoltava. Estava sota les ordres de Marta. Va pujar volant entre les parets d'aquell avenc i va eixir a l'exterior.

Després, des de l'aire, la va anar conduint. Era d'allò més fàcil, es portava com un cavall, estirant-li de les plomes del coll a dreta i a esquerra, amunt i avall. Era molt emocionant. El cobrellit, vull dir la *capa* roja de Thora, feia un efecte preciós empentada pel vent. Estava volant! I a tota velocitat! Estava supercontenta, se sentia superheroïna, Thora, la rescatadora i, a més, voladora.

No podia creure que allò li estiguera passant a ella. Va voler aprofitar-se'n, i fruir fent voltes pel terme. Aquella oportunitat no es presentava tots els dies. Però tampoc no volia cansar l'animal, així que quan va tenir el poble en vista va cridar-li a l'orella.

–Aica! Up! Up! Uoo! Uoo!

I l'àguila va aterrar. La nostra amiga li va fer una abraçada d'agraïment i, després, li va pegar un xiulit. El pardal va arrencar el vol i va desaparéixer per l'horitzó.

Just en aquell moment es va sentir un helicòpter que venia del poble i s'acostava cap a la zona de l'avenc.

–Els Massapela! –va pensar–. Ja envien algú a rescatar-me!

http://www.anellmassapela.com

Els Massapela havien enviat un helicòpter per tal de rescatar Marta, però ja no faria falta. Marta ja estava arribant a Vilapau.

Als afores del poble estava ple de tanques publicitàries. Totes tenien fotos d'aquell anell que Marta li havia agafat a Jordi, des de diferents perspectives i amb diferents rètols.

Et consideres un bon orfebre? T'atreveixes a fabricar-ne un d'igual? Més informació a:

<http://www. anellmassapela.com>.

Tot el que sempre has somniat serà al teu abast si en fabriques un com aquest:

<http://www.anellmassapela.com>.

Els Massapela t'esperen! Fabrica un anell igual i demana'ls el que vulgues! Demana-ho tot! No et conformes amb menys!

<http://www.anellmassapela.com>

Sí que tenien necessitat d'aquell anell els Massapela! No havien tardat gens a muntar una campanya publicitària per mirar d'aconseguir un altre anell igual.

La primera cosa que va fer en arribar al poble va ser presentar-se al xalet. Volia veure Jordi, saber com estava, tenia ganes de dir-li que estava viva, que havia pogut eixir de l'avenc, que no es preocupara, tantes coses...

Els guàrdies, com que ja la coneixien, la van deixar entrar, el majordom la va fer passar al saló. Els pares de Jordi no van tardar a aparéixer. Marta els va preguntar pel seu amic, tenia moltes ganes de...

–No pots veure'l! –li va dir sa mare inflexible–. Impossible! S'ha ficat malalt i el metge ens ha dit que ha d'estar en quarantena. No pot ser!

–Això, això! No pot ser! –va repetir el pare de Jordi.

El tornaven a tenir aïllat, com al principi. Jordi tornava a estar sol. Marta ho va entendre de seguida. Per més que insistira, per més que suplicara, no la deixarien veure Jordi, ni parlar amb ell, ni tampoc no li dirien que ella havia vingut a visitar-lo... Però havia de fer el possible per comunicar-se amb ell.

Havia de pensar una idea. Una altra vegada va recórrer al seu truc per fabricar idees. Ja ho saps: tancar el ulls fort, no pensar en res i totes eixes coses. Quan va obrir els ulls, per la finestra del saló, va veure una d'aquelles tanques publicitàries amb l'adreça d'Internet. Ja ho tenia! Com que tenia l'anell dels Massapela...

–En realitat vinc pel tema de l'anunci –va dir abandonant el to de súplica.

–Què?

–Que jo el faré, l'anell! –va dir encara fent-se la dura–. I el faré idèntic!

–Ja hi som una altra vegada? –va contestar ben enfadada la mare de Jordi–. Ja està bé! No sé què has de fer tu? No vas dir que rescataries el nostre fill? Si per tu fóra, encara l'estaríem esperant!

–Això, això! Encara l'estaríem esperant! –continuava el senyor Massapela–. Vas dir que el rescataries i no ho vas fer! Per què t'hem de creure ara? Eh? Per què?

En aquell moment va entrar el cap dels guàrdies de seguretat. No va tocar a la porta i va interrompre la conversa.

–Més val que siga important! –li va dir la senyora Massapela.

–Ho és, senyora, segura n'ha d'estar. Si no fóra així, no gosaria molestar.

–Parla d'una vegada! Amolla-ho ja, caram!

–Parlaré amb molta brevetat,
els de l'helicòpter ens han telefonat!
A l'avenc a ningú han trobat!
Els segrestadors s'han escapat
o, simplement, s'han amagat.
Ah! I la xica, la tal Marta, s'ha esfumat!

–A veure, digues, bleda! Amb qui estem parlant? –la senyora Massapela va tallar el guàrdia dels redolins.

–Aii, si és ella! S'ha salvat!
Això vol dir...

–Això vol dir, babarota,
que has tornat a ficar la pota! –va rematar la mare de Jordi.

–Així que jo tenia raó! –Marta es va posar contenta–. Han enviat un equip de rescat per mi!

–Li ho havíem promés a Jordi –va comentar el senyor Massapela–. Per això ho hem fet!

–De tota manera, gràcies! –va dir. Després es va adreçar al cap de seguretat:– I els segrestadors?

–Ja he dit que s'han escapat! Pel que es veu hi ha una altra eixida, un altre forat... Però ja ho deus saber. Segur que també l'has utilitzat!

–No! Ni ho sabia! Però ja ho han vist que m'ho arregle prou bé tota sola.

–Ja! I ja veiem que estàs perfectament –va dir la mare de Jordi–. Ho farem saber al nostre fill, tan bon punt puguem, tranquil·la.

Però Marta estava segura que no ho farien. Als Massapela els preocupava massa la seguretat del seu fill, per a permetre que tinguera amics a l'exterior del xalet. Així que ella va insistir amb el seu estratagema. Va reprendre la conversa allà on l'havien deixada abans que els interrompera el guàrdia.

–Sí, sí! Ja sé que li ho diran! Sí, sí! Però, ara, anem al cas! Els deia que jo faré l'anell! Ho puc prometre! Però necessite quinze dies, un sac de nous, un piló de fusta, un martell, i una habitació del xalet on ningú em moleste per a res!

Marta podia ser molt convincent si volia. O insistent, o pesada, o pallissa, o plom...

–Prou! Ja està bé! Deixem-la! –va dir el pare de Jordi, fart de sentir-la–. Tampoc no tenim res a perdre!

–Humm! Potser tens raó! –la mare de Jordi va cridar el majordom–. Francesc! Dóna-li tot el que ens ha demanat!

–Ah! I també vull un ordinador amb connexió a Internet! –va rematar Marta, que va veure que per fi li feien cas–. Hauré de consultar la pàgina <http://www.anellmassapela.com> i veure les fotos de l'anell! Ah! I també quinze pizzes i quaranta refrescs de cola i un rastre de llonganisses seques, quatre encisams, deu quilos de taronges...

Li van donar quinze dies, i tot el que requeria, ordinador inclòs, però...

–Però, si en quinze dies no està acabat... –va dir la senyora Massapela–. T'acusarem de farsant, d'impostora, de...

–Però, si l'acabe a temps... –la va tallar Marta–. Podré demanar el que vulga. Ho prometen vostés a la publicitat, recorden: *Demana-ho tot! No et conformes amb menys!*

–Ha, ha, ha! Per descomptat! –va riure la mare de Jordi.

–Això, això! Per descomptat! Ha, ha, ha! –va riure el senyor Massapela.

Tots dos estaven tan segurs que fracassaria. Podien prometre el que volgueren.

Marta es va tancar en una cambra, va girar la clau i es va posar a la feina.

–Trec, trec, trec...!

Anava trencant les nous, picant amb el martell, tot i que des de fora semblava que estava treballant en l'anell. Els Massapela van posar guàrdies de seguretat a la porta. La volien vigilar de prop.

–Però si només ha agafat nous i menjar!

D'on traurà l'or? Com l'ha de fabricar? –deia el cap dels guàrdies.

–Que no ho sabeu que a dins de les nous, de vegades, es troba or? Ha, ha, ha! Ella confia en la sort! Ha! Ha! Ha! –reia un altre.

–Ha! Ha! No, no! –es burlava un tercer–. L'or li l'enviaran per correu electrònic! Ha! Ha! Per això ha demanat l'ordinador! Ha, ha!

–Està ben boja! –rematava un altre encara.

Els que la coneixien bé, pensaven que s'havia trastocat. Estaven bastant preocupats per ella, sobretot, els seus pares. Van anar a visitar-la.

–Filla! Toc, toc, toc! –sa mare picava a la porta–. Au, filla, ix d'ací!

–No!

–Que isques et dic! Com has d'estar quinze dies ací tancada? Ix ara mateix!

–Que no!

–Que sí! –deia son pare–. Va ix! No sigues malcreguda! Fes el favor!

–Xe, pare! No patiu que no em passarà res!

–Trec, trec, trec...!

Ningú no sabia el que feia Marta tancada en aquella cambra. Ni els Massapela, ni els guàrdies, ni tan sols els seus pares... ningú!

Bo, sí! Hi havia una persona que ara tornava a tenir noticies seues a través de la xarxa!

–Hola company de xat! –li va escriure ella.

–Hum... Però...

Jordi no entenia res. Havia estat tancat des que

el van rescatar i encara pensava que la seua amiga era a l'avenc, accidentada, ferida, o...

–Marta! Però... Com estàs? Estàs ferida? Necessites ajuda? Però tu no estaves...

–Estic perfectament! Estàs parlant amb la superheroïna Thora Albalat, la màster del xat!

–Com?

–Ja t'ho explicaré!

–Ah?!

–Així que ets l'hereu dels Massapela? Eh?

–Jo t'ho haguera dit, però...

–Tranquil! A mi plim! Jo igual seré la teua amiga encara que sigues multimilionari i tot això!

Marta li va explicar el que havia passat i li va dir que anava a *fabricar* l'anell de la seua família.

–T'has tornat boja? –li va escriure ell–. En quinze dies? No podràs! Els meus pares diuen que ningú podrà! Diuen que l'alquimista que els va fer va tardar anys!

–Ja!

–I no seria millor seguir la pista als segrestadors? Segur que l'anell me'l van furtar ells! Segur que miren de vendre'l! Segur que...

–Xut! Tranquil, home! Ho tinc tot controlat! –li va escriure ella.

Si els pares de Jordi sabien que ningú el podia fer, aquell anell, per què havien fet la publicitat d'*anellmassapela.com?* Segur que t'ho estàs preguntant, no? Era una estratègia per enxampar els segrestadors. Ells també pensaven que havia estat aquella banda la que s'havia quedat amb l'anell. Esperaven que es presentarien d'un moment a l'altre amb la joia, a demanar *el que volgueren* i, aleshores, els guàrdies els detindrien. Però no ho van fer, no s'hi van presentar.

La pàgina web que havien creat va rebre moltes visites, sí! Van venir molts orfebres en persona, també! Alguns, fins i tot, ja venien amb l'anell fabricat, però cap no era l'autèntic. És clar!

Així van passar els quinze dies. Finalment, Marta va obrir la porta. Portava l'anell. Se l'havia posat al dit anular de la mà esquerra, per poder-lo mostrar. Els senyors Massapela sabien que, per més ben fet que estiguera, mai no podia suplir aquell que havia fet l'alquimista. N'havien vist ja tantes, d'imitacions...

Xavier Massapela es va acostar per veure'l de prop. Marta, de manera inconscient, va apropar el seu anell al que portava el pare de Jordi. L'home va notar aquella força que el xuclava i que li era familiar.

–No, no, no, no, noooo! –va cridar histèric de por.

Ell ja havia passat per aquella experiència el dia que va morir son pare. No volia repetir-la, però... va ser inevitable. Va tornar a passar!

Els anells es van il·luminar i es van tornar a encaixar. L'atracció era tan forta que no podien separar-los. Les parets van trontollar, es va sentir un tro tan fort que va trencar tots els vidres. En un tres i no res, ja plovia aigua a bots i barrals.

Xavier Massapela va tornar a notar aquell formigueig a les cames que li va anar pujant per tot el cos fins al cap. Espantat com estava, ja es veia amb un peu ací i l'altre allà. Només esperava que li entrara la son d'un moment a l'altre, es pensava que s'adormiria (com li va passar a son pare) i ja no es despertaria mai més.

Però no va anar així. En lloc d'això, ell i Marta van començar a tremolar i van notar un poder, una energia interior que els estava dominant. Després, aquella força desconeguda que els controlava els va repel·lir i els va tirar tots dos de cul. Els anells van eixir dels dits.

–Guaaa! Que fort!

Marta al·lucinava. Per primera vegada en la seua vida, havia notat en el seu cos la presència de superpoders. Ara sabia el que sentien els superherois quan es transformaven.

Jordi va entrar cridant per la porta del saló, espantat pel soroll que acabava de sentir.

–Un terratrèmol! Un terratrèmol!

Marta es va emocionar quan va veure el seu amic. Jordi també.

En fi, ja saps el que són aquestes coses, es van posar molt contents. Els pares de Jordi es van quedar parats en veure que, realment, aquella xiqueta era molt amiga del seu fill. Van adonar-se que aquells dos serien difícils de separar, com els anells.

Els anells! Me n'havia oblidat, perdona! Però ells també s'havien despistat. Per un moment, fins i tot els havien perduts de vista!

Encara continuaven il·luminats. S'havien quedat en l'aire, com en una nau espacial sense gravetat. A poc a poc, el resplendor que desprenien anava apagant-se i, al mateix temps, anaven caient, seguits per la mirada dels quatre, lentament, fins que van tocar terra.

Aleshores la senyora Massapela els va agafar.

–Així que l'anell autèntic el tenies tu! –li va dir a Marta mentre els recollia–. Ens vas enganyar!

–I vostés a mi! –es va defensar ella–. Em van dir que no podia veure Jordi, que estava malalt...

Aquells anells estaven calents, molt calents, i encara junts. La senyora Massapela va mirar de separar-los, però no va poder. S'havien soldat!

–No cal que ho intente, no ho aconseguirà! –va dir algú darrere d'ella–. El cercle dels anells de la sort s'ha tancat.

Ho havia dit un home vell, amb una barba blanca molt llarga que havia entrat no sabien per on. Aquell home va continuar parlant.

–Els anells s'han enganxat! Ara comença la sort de veritat.

–Ara comença? –va dir Xavier Massapela–. Però si ja hem tingut sort! No ens ha faltat de res, hem tingut el que hem volgut!

–Segur?

–Però, qui és vosté? –va dir la mare de Jordi.

Es va posar a cridar el majordom.

–Francesc! Francesc! Però qui l'ha deixat passar?

–No importa qui sóc. Ni com he entrat. Importa la sort, no? Segur que han tingut sort? Segur que han tingut tot el que han volgut?

–Segur! –continuava Xavier Massapela–. Els diners no ens han faltat i...

–I és això el que realment volien? –va preguntar el vell una altra vegada, mirant Xavier Massapela.

–Home! –va dir–. Potser, a mi m'hauria agradat... tal vegada, tenir més temps lliure! La veritat és que he viscut un poc angoixat pels negocis i...

–Doncs... –va dir Jordi–. A mi m'hauria agradat companyia! Tenir amics! Ara ho tinc molt clar!

–Francesc! Francesc!

La senyora Massapela continuava cridant el majordom. Algú hauria de fer fora aquell vell a qui ningú no havia convidat.

–Segur que han tingut sort? –continuava preguntant-li aquell intrús mirant-la fixament als ulls.

La senyora Massapela es va quedar cavil·losa. Tal vegada tenia raó. Tal vegada, ben mirat, aquells anells no els havien portat tanta sort com ells pensaven.

–Ei! –Marta li va tallar les reflexions–. Parlant de sort! Em van dir que si els lliurava l'anell podia demanar el que volguera. No?

–Això havíem dit, però... –va dir el senyor Xavier–. Però tu no l'has fabricat!

–I què? He complert! He aconseguit l'anell! No importa com!

–I tant que importa! –va interrompre la senyora Massapela–. Tu ens has enganyat!

–Potser sí! Però, una promesa és una promesa!

–Una promesa, una promesa... Vinga, va, demana i calla! Però, a veure què demanes!

–El que vulga, senyora Massapela! O els acusaré de fer publicitat enganyosa.

–Vinga! Caram! Demana ja!

–Doncs jo l'única cosa que vull és... jugar!

–Això està fet, xiqueta! –la mare de Jordi es va posar contenta, era un desig fàcil i barat–. Juga tot el que vulgues!

–Això, això, juga tot el que vulgues! –va repetir el pare, que també estava satisfet per aquell desig tan *assenyat.*

–Ei! Que no he acabat! Vull jugar tranquil·lament amb Jordi, i sense haver de saltar la tanca del jardí, que ja està bé la cosa!

–Ei, siií! –va dir Jordi mentre li xocava la mà a la seua amiga.

–Això també està fet! –va dir la mare–. Els direm als guàrdies que et deixen passar. Si han deixat colar-se aquest vell, també podran deixar-te passar a tu. Quan agafe el cap de seguretat dels redolins... Com l'han deixat passar a vosté? Eh?

Es va girar cap on era aquell vell de la barba. Esperava una resposta, però l'alquimista ja havia desaparegut.

–On s'ha ficat aquell home? Era ací fa un moment!

–Hum...

–És igual! Com havies dit que et deien...?

–Marta!

–Això, Marta! Pots venir a jugar amb Jordi quan vulgues! Ja has vist que, darrerament, ací la gent entra i ix quan vol. Au! –va dir la senyora Massapela.

–Això, això, au! –va repetir el senyor Massapela–. Arreglat!

–Ei! –va dir Marta una altra vegada–. Que no he acabat!

Els senyors Massapela van parar l'orella i Marta els va fer un escoltet. Pel temps que hi va estar xiuxiuejant-los, el desig que demanava havia de ser gran.

Només de tant en tant el pare o la mare de Jordi exclamaven algun: «Dona! Vols dir que no t'has excedit?». O algun: «Però! Que no en farem un gra massa?». O algun: «A no! Això sí que no!». Però, pel que es veu, finalment, van accedir a tot i li van concedir el desig complet.

Final. El desig de Marta

Li van concedir el desig complet, tot i que, amb certesa, ningú no sap quines coses va demanar als Massapela. Però la veritat és que, des d'aquell dia, la vida al poble de Vilapau va canviar. Va ser tot a causa del desig de Marta? Vés a saber!

Per a començar, els anells ja no els tenen els Massapela, ara, estan guardats al museu municipal, entre dues corfes de nou i un martell, per recordar-los a totes i a tots com es va *fabricar* el segon. Continuen soldats, no els ha poguts separar mai ningú.

La gent es pensa que aquells anells els donen sort i van tan sovint a mirar-los que el museu rep moltes visites. Els anells no ixen mai de l'urna de cristall en què estan guardats. Només, de tant en tant, quan hi ha molta sequera, les autoritats els trauen al carrer. Aleshores plou! Ningú no sap per què, però la cosa funciona. Quan els anells ixen al carrer, es tornen a il·luminar, s'ennuvola, es posa a tronar i cau una bona pluja, que dura tot un dia i tota una nit.

La veritat és que, des que els anells estan al museu, la cosa va millor, molt millor!

Els Massapela ja no juguen a la loteria, ni inverteixen en la borsa, ni treballen tantes hores al banc, ni totes eixes coses. Han perdut molts milions o els han regalats, perquè ara ja no són rics, això es nota. Però tenen molt de temps lliure. Això també es nota.

Jordi va a classe amb els altres xiquets i xiquetes. Beatriu, la institutriu, treballa de mestra a l'escola, fa classes d'anglés i ho fa molt bé, per cert!

Els Massapela s'han traslladat a viure a un pis, per estar més prop del seu fill i poder-lo acompanyar a l'escola i s'han fet socis de l'Associació de Mares i Pares.

Uns obrers van tirar a terra la tanca del jardí del xalet dels Massapela, ara s'ha convertit en un parc públic. Els xiquets hi van a jugar a futbol i a marro, les famílies a fer la paella els diumenges, les colles a berenar i els nuvis a festejar.

Les cavallerisses dels Massapela continuen al mateix lloc, però, ara, vénen els xiquets en horari escolar a aprendre a muntar a cavall i els animals estan d'allò més contents, perquè abans es morien d'avorriment.

Els *ajudants* de Marta van ser castigats pel seu comportament. No sé molt bé quin càstig els van posar. Crec que van haver de copiar mil vegades la frase *els diners no donen la felicitat* i alguna altra cosa semblant.

La policia va atrapar els segrestadors. Va ser molt fàcil. Les descripcions que van fer dels galifardeus Marta i Jordi, i aquella mania de la cap de la banda de repetir contínuament «saps què vull dir», van ajudar molt a enxampar-los. Ara han complert la pena, s'han redimit i treballen de guies de muntanya, organitzen visites d'espeleologia a l'avenc del segrest, expliquen contes... Saps què vull dir?

Els hauria agradat poder passejar la gent amb l'àguila gegant. Hauria estat un bon reclam publicitari, però va ser impossible. Va desaparéixer! Es van fer un fart de xiular per tota la comarca, però aquell pardal gegant no va tornar. Llàstima!

Ah! M'oblidava dir-te que els treballadors i les treballadores del xalet l'han convertit en un hotel de turisme rural. S'hi pot anar de visita. Tenen molts clients, vénen atrets pel misteriós escut del trèvol de quatre fulles que hi ha a la porta. Tomàs i Maria, els jardiners, expliquen als turistes moltes històries i llegendes sobre aquell vell escut. Aquesta n'és una que em van contar a mi.

Pel que diuen ells, gràcies a l'escut dels trèvols, hi van haver molts canvis, molts! Al poble, als parcs, a la biblioteca...

Tot va ser obra de l'escut, dels anells, de Marta, o de Thora. Qui ho sap!

El cas és que els Massapela han fet la sort, han
[canviat!
Com m'ho van contar jo t'ho he contat.
Bé siga mentida o bé siga veritat,
aquesta història s'ha acabat.

ÍNDEX

Esfera

Una història èpica, trepidant i amb una bona dosi d'humor i suspens. Vols salvar el Regne de l'amenaça dels Elfs de la Nit?

La família Casson és un caos: sempre estan ficats en embolics. Una sèrie entranyable i divertidíssima.

La col·lecció «Esfera» t'acosta, en la nostra llengua, els llibres infantils i juvenils d'èxit internacional.

Entra en una nova dimensió

Terror i aventura de la mà d'un dels millors escriptors del moment: Philip Pullman.

Fantasia, acció i un adolescent gens comú: Artemis Fowl.

La col·lecció «Esfera» et convida a viatjar a una nova dimensió per a descobrir altres mons en els quals la lectura és sempre una activitat lúdica, entretinguda, divertida i apassionant.

Visita'ns a:
www.bromera.com/esfera